新潮文庫

マイマイ新子

高樹のぶ子著

新潮社版

8666

目次

マイマイ新子

1　直角に流れる小川に春が来た

草や雑木で覆《おお》われた小川が、北の山からまっすぐ流れくだってきて、田んぼの角をほぼ直角に折れ曲がったと思うとそのまま西に進み、またしても竹やぶにぶつかる。そこでふたたび直角に向きをかえ、少し川幅を広げると、今度は、ゆっくりゆっくりと海に向かうのだ。

小太郎《こたろう》は、九歳になる孫娘の新子《しんこ》に、この小川の話をした。これは自然にできた流れではなく、人の手で作られたものだと。

「……川というものはな、ふつうこんなふうに直角に折れ曲がって流れるものではないぞ。千年もの大昔、御先祖さまが作った川なんじゃ。ここはな、そのころ周防《すおう》の国の都じゃった。今の京都のように、東西南北に何本もの道が走っとった。この国衙《こくが》という地名はな、国の都という意味でな。たぶん、その都を取り囲むように川を作ったんじゃろう。ここに大きな都があって、たくさんの人間がいそいそと歩いているのを想像してみるんじゃ」

小太郎は新子にその話をするとき、右目を細めて、千年も昔の景色を眺めるようにふんわりと笑った。

小太郎の左目は、この小川の両岸に生える茅《ちがや》を刈り取っているとき、その鋭い葉の先で傷つけてしまい、それがもとで化膿《かのう》して、眼球の摘出手術を受けたのだ。お風呂《ふろ》場《ば》の歯ブラシの横に、小太郎の義眼を見つけると、新子は、黒目のところが盛り上がったスプーンの先のような陶器の目玉を、宝物のように手の平に乗せて、

「おじいちゃーん、目ん玉、忘れものー」

と走っていくのだった。

すると小太郎は、

「おお、ありがとありがと。これが無《の》うては何も見えん」

と言いながら、左目のまぶたを摘《つま》んで、義眼をするりと滑りこませるのだ。

左目を失うきっかけになったこの小川を、それでも小太郎は嫌いにもならず、春になると新子を小川に連れ出そうとした。まずは新子にこう囁《ささや》くのだ。

「なあ新子、そろそろ藤蔓《ふじづる》の様子を見に行かんとな。今年は蔓を編み直さんといかんかもしれん」

小太郎は陶器の目でウインクする。新子もウインクを返す。二人の秘密のサインだった。母さん、おばあちゃん、そしてめったに帰ってこない父さんにも内緒だぞ、という二人だけの合図。

小川の上には、藤蔓で編まれたハンモックのような棚が掛かっている。誰にも知られていない秘密の場所なのだ。

川幅が二メートルほどのこの小川を、小太郎と新子は「直角の川」と呼んでいた。千年も昔の古い都は、考古学者たちの手で発掘が進み、都の中心だったとされる場所には史跡公園ができた。そのとき小太郎は、学者の一人から古い地図を見せてもらい、小川が今とそっくりに直角に折れ曲がって流れているのをたしかめたのだ。

小太郎は自分の予想があたっていたことを新子にだけこっそりと、しかし大喜びで話した。他の家族に話しても、とりあってくれないばかりか、「おじいちゃん、そんなことどうでもいいでしょう」と言われるのがわかっていたからだ。

新子の家族は、年齢の順にいくと、祖父の青木小太郎、祖母の初江《はつえ》、父親の東介《とうすけ》、母親の長子《ながこ》、それから新子とは四つ違いで五歳になる妹光子《みつこ》の六人。父親の東介は遠い大学で先生をしていて、家にはめったに帰ってこない。研究が忙しくて、大学の近くに部屋を借りて生活していた。

今日は父親が帰ってくる、という日は、新子にとってもお客さまが来るように気ぜわしい。掃除をしたり、お花を生けたり買物を手伝ったりしなくてはならなかった。

千年の昔、この国衙は現在の京都のように栄えていたのだと言われても、新子には想像がつかない。何しろ青木家は、田や畑の真中に立ってるのだ。車が一台だけ通ることのできる道から、さらに細い道を入らなくてはならないのだが、麦がさわさわと揺れる季節には、この細い道が、緑色の大海原に浮かぶ船への、一直線のかけ橋に見えた。

光子が病気になり、医者に連れていくためにタクシーを呼んだときも、運転手さんが家までやってきて、抱えてタクシーまで運んでくれたものだ。光子は急に大人びた顔つきになって、見知らぬ運転手をじろじろと見上げていた。

たしかにそれは車が通ることのできる道だけれど、走っているのは自転車ばかりだった。人間も歩くし犬も通るが、車はめったに走らない。

車が行き来しているのは、その道が突きあたった国道、往還と呼ばれる道路の方だ。

それでも最近は、家の近くまでバタバタと音をたてて原付自転車が入りこんできた。少し離れた吉村さんの家はバタバタに乗っていたが、江島さんのところはラビットと呼ばれるスクーターを持っていた。

舗装された道路は往還だけだったので、バタバタやラビットが走るようになって、道はぬかるんだ。以前は道の真中を歩いて学校に行っていたのに、端っこを歩かなくてはならず、雨が降るとズックに草の切れはしがくっついた。草むらからヘビが出てくることもあった。

まったくラビットやバタバタは迷惑な乗り物だわ。

それでも新子は、父さんもラビットに乗ればいいのにと思った。ラビットは嫌いだが、父さんが乗れば好きになるかもしれない。

遠い町からバスに乗って帰ってくる東介は、いつも往還のバス停から歩いて帰ってきた。新子のように道の端を歩かず、真中を歩いてくるので、玄関に入ってきたとき靴は泥だらけだった。

昭和三十年。西暦だと一九五五年。

「キリのいい年だわね。いよいよ大台に乗るのね」

長子は初江に言う。何かがスッパリと変り、これまでと違う生活がやってきそうな、少し浮きうきとした笑顔でだ。

つい最近も、ガダルカナルという島から、戦争で死んだ人の遺骨が何千も帰ってきたという。その同じ船で、戦争に負けたことも知らずにジャングルで生活していた四人の元兵隊が、日本に連れ戻されたのだそうだ。

「十年もジャングルの中でどうやって生活していたのかしら。きっと頭がヘンになったのね」

初江と長子は同じような考えだった。二人は本当の母と娘だから、ときどき双子のように同じ意見になった。東介は青木の家に養子に来たので、別の考え方をするらしい。新子は初江とも長子とも違って、どちらかというと小太郎おじいちゃんの考えが一番好きなのだ。

いざとなったら、おじいちゃんは私の味方をしてくれるし、私もおじいちゃんの味方をしようっと。

小太郎の言うことやすることは、初江や長子から見ると「浮世ばなれしたダンナ気分」なのだそうで、「おかげで家族が苦労する」と愚痴を言うのだ。新子にとっては、その「浮世ばなれしたダンナ気分」に、いつもワクワクドキドキさせられる。千年昔から流れている小川や周防の国の都の話も好きだし、藤蔓のハンモックも、小太郎の手作りだった。

母さんがこのハンモックの話を知ったら、おじいちゃんはどんな目にあわされるだろう。何日も何日も、朝から晩まで、「そんな危険なことを大の大人がどうしてできるのかしら……これだからおじいちゃんは……」と叱《しか》られるに決っている。

小太郎は叱られても黙っていた。怒り返したりしない。平気のヘイザで知らんふりを決めている。それがまた怒っている二人には気にくわないのだ。

戦前はこのあたりの田んぼは全部、青木家のものだったという。小太郎が故郷を捨てて、自分の好きな数学教師を続けていたものだから不在地主になってしまい、戦後ほとんどの田んぼを取り上げられた。その話になると小太郎は黙りこんでしまう。おじいちゃんは何か決定的な失敗をしてしまったんだ。

新子は不在地主という言葉を聞くたびに、悲しくなった。

故郷を捨ててしまったとおばあちゃんや母さんは言うけれど、おじいちゃんは、直角に曲がる川が千年も昔から同じように流れているのを知っているし、国衙という地名の由来も知っているし、本当はこの土地が大好きで、心から誇りに思っているんだわ。

「この何十年なんて、一陣の風じゃわい。何と言うても千年の歴史じゃからな」

小太郎が、こっそり新子に呟《つぶや》くとき、新子もまた、

「そうだよね、千年だもんね」

と小さな声で合槌《あいづち》をうった。

千年とはいったい、どれほどの分量の時間なんだろう。

新子は自分が生れてからの九年の時間と、生れる前の九年の時間しか見当がつかない。合わせて十八年。戦争とか不在地主とかガダルカナルの遺骨とか、すべてがこの十八年の中に収まってしまう。

千年とは九年がいくつ続いた時間かしら。時間とは、そんなふうにずっと続いてきて、これからも続いていくのかしら。

母さんやおばあちゃんに聞けば、あたりまえじゃないの、と言うだろう。でも、どこがあたりまえなの？　この九年が何十回も何百回も繰り返されることが、どうしてあたりまえなの？

千年と九年の関係を考えはじめると、新子のマイマイは急に立ちあがる。新子の頭にはつむじが二つあり、ひとつは頭のてっぺんについているが、もうひとつは額の真上に乗っていた。額の真上のつむじを、家族はマイマイと呼んで、将来は富士額《ふじびたい》になるから良かったね、と言う。

それはきっと嘘《うそ》だと新子は思っている。マイマイは、大人になってもずっとマイマイのままで、富士額になんかならないのだ。ずっと額の上で、つむじ風が吹き続けるのだ。

母の鏡台を覗《のぞ》くたび、絶望的になった。前髪を切りそろえてもらっても、右側の毛だけが上向きに生えているので、はねあがってしまう。ヘヤピンで押さえても、ヘヤピンごとあがってしまう。

おかげで右側の額はいつも太陽に照らされて真黒。左側の額と色分けしたように、くっきりと違いができてしまった。

妹の光子にはマイマイがない。だからおかっぱの前髪がきれいにそろっている。おまけに光子は、自慢して連れ歩きたいほど可愛《かわい》い。

不公平だ。同じ家に生れたのに、こんなの不公平だ！

鏡台の中の自分をにらみつけ、怒っていると、ゆるやかに持ちあがっていた右の前髪が、突然ピンと立ちあがった。びっくりして手で触ってみると、他の部分の髪の毛よりかたく、黒い針金のようにまっすぐ空に向かっている。押さえつけても押さえつけても、バネじかけの針金のようにはねあがるのだ。

しかたがないので窓の外を見た。窓の外には牛乳箱がぶら下がっていて、空きビンが二本立ててある。ピカピカに洗ってある。

空きビンに気をとられたふりをしながら、さりげなく、鏡台を見る。マイマイに気づかれないように、チラッと見る。すると右の前髪は、さっきより力が抜けて、ふんわり盛りあがっているのだった。

それ以来、新子は、マイマイの毛がどういうときに針金のように立ちあがるのか、研究した。何かあると鏡台の前に走っていき、ちりめんに猫の絵が描かれているカバーを持ちあげて、マイマイを観察した。

その結果わかったこと。毛がはねあがるのは、腹が立ったときだけでなく、くやしい気持になったり悲しい気持になったり、また、友だちにやさしくされたり先生にほめられて嬉《うれ》しいときにも、ぐぐぐっとあがってくるのだ。

ただ、前髪が立ちあがる直前、マイマイのあたりがムズムズしたり、そこだけ太陽があたったように暖かくなったり、氷をぶつけられたようにひんやりする理由は、どうしてもわからない。うれしいときに太陽、悲しいときに氷、というワケでもなかった。

「つむじまがり」という言葉を新子は知っている。嫌いな言葉なので、押入れの奥の小太郎の古い行李《こうり》に、放りこんであった。それでもときどき、この言葉はネズミのように行李から這《は》い出してきて、鏡台の前にちょこんと座っていたりする。

あっちに行け、と言うと、だからあんたはつむじまがりなのよ、と言い返してくる。

よく見ると、たしかにつむじは曲がっていた。ぐるっと回転していて、髪の毛が渦を巻いている。へんなものが顔の真上にくっついてしまった。どこからやってきたのだろう。コブとりじいさんのコブのように、誰かに持っていって欲しかった。大人になったら、手術で取ってもらえるかもしれない、と思った。

　しかし、千年と九年の関係を考えただけで、マイマイの毛が立ってしまうとはびっくり！

　新しい発見だった。気持の動きだけではなくて、わからないことが頭の中に雲のように広がったときにも、やっぱりこうなるんだ！

　立ってしまった前髪をなでつけている新子のところへ、小太郎が足音もなくやってきて囁いた。

「……直角の川にも春が来たんじゃ……ちゃんと藤蔓を編み直しておいたからのぉ」

　うふっと新子も笑い返す。内緒話のときは、小太郎の義眼もこぼれ落ちそうにやさしい。

「わしもあとから行くから、母さんや光子に見つからんように、先に行っとくんじゃ。あ、おばあちゃんは前の畑じゃから、うしろの畦道《あぜみち》から行った方がええ。こそっとな。ニワトリみたいにコケッコケッと走るんじゃないぞ」

　でも新子は走った。からだを屈《かが》めて、ニワトリの恰好《かっこう》で畦道を走ると、麦の海をかき分けて泳ぐカモメになった気分。カモメの鳴き声はわからないので、コケッコケッと鳴きながら走る。ときどき立ち止まり、そうっと首をのばして畑で草むしりしている初江をうかがった。丸い背中だけが見える。

コケッコケッと、少し大きい声をあげて走った。レンゲやスイバやヨモギが、猛スピードで流れていく。

突然、頭が草の中に落ちた。そのまま転がった。一回転すると空があった。麦の葉が顔のまわりを取り囲んで、真中の空が、穴のようにすっぽ抜けている。

アイタタタタ。マイマイに手をあてると、湿った土が落ちてきた。

新子はしばらくじっとしていることにした。空は青いと思っていたのに、白くて少し黄色がかっているのが不思議だった。

2　カラカネハナカミキリに嚙《か》みつかれた

新子は、とろりとろりと目を閉じたまま、胸いっぱいに息をとじこめる。

麦の葉の匂《にお》いって大好きよ。雨に洗われて木目だけが浮き上がった縁側の板が、晴れたお昼間、白く乾いて太陽の光を吸いこみ、寝っ転がっていると、眠くなあれ、眠くなあれって囁《ささや》くような、あの匂いも大好きだけどね。

麦の葉って縁側の太陽の匂いとくらべて、何だか息苦しくなってしまう。幸福って、こんな感じかな。あっちからもこっちからも、緑色のやわらかい針が降ってきて、どんどん降ってきて、このままじゃ死んでしまいそう、って感じ。

「ヘビにくわれるぞ」

新子は、はね起きた。太陽を背にして黒い影が立っていた。頭がつるんと丸い。顔は見えなくても丸木シゲルだとわかった。

「ヘビ？　どこ、どこ？」

「ほらここ。ここだぞぉ」

シゲルの手から黒く長細いものがふわりととびかかってきた。新子はキャアアと声をあげてとびのいた。とびのいてよく見れば、曲がったイチジクの枝だった。

また騙《だま》された。新子はシゲルをにらみつける。いつもの白い体操服と短パンだ。新子と同じ年だが、新子は三年三組でシゲルは五組。シゲルと同じクラスでなくて良かった、といつも思っている。

シゲルは尻《しり》もちをついた新子を見て、大声で笑った。

「へビなんて、怖くないもん」

「へえ！　大声あげたくせに。マイマイがつっ立っとるぞ」

マイマイに手をやると、たしかにニワトリのトサカのように立っていた。

新子はシゲルの顔めがけて土を投げつけた。土がシゲルの目に入った隙《すき》に立ちあがって、スカートとパンツの土を手ではたき落とす。シゲルは目を押さえて痛そうだ。

とりあえず胸がスカッとしたが、こういうとき新子は、いつも言葉が胸の奥からせりあがってきて、咽《のど》のところでつっかえた気になる。シゲルが声をあげて怒るか泣くかしたなら、新子の言葉もとび出してくれるのに、シゲルは黙っている。新子をいじめて大笑いすることはあっても、何かひどいことをされたときは、口をへの字に閉じて黙っている。だから新子も、自分の咽からどんな言葉がとび出してくるのか、知ることができないのだ。ごめんね、なのか、いい気味だ、なのか、それが一緒になった言葉なのかもわからない。

「シゲル、あんたが悪いんだからね。ヘビのマネしたからよ。天罰よ。ここで何してんの？」

「あっちの土手から見とったら、新子が走っていって急に消えた。人さらいかと思って来てみたら死んどった」

「死んでたんじゃないわよ。目をつむって麦の音を聞いてたんじゃないの。あんたってほんとに虫なんだから。虫よ」

何の虫だろう。ミミズではない。テントウ虫みたいに可愛《かわい》くもない。そうだ、カラカネハナカミキリだ。庭のミズキの花を食べていた。背中の羽は、青と茶色の金属でできた細長いよろいみたいだったが、おじいちゃんが手をのばすと、金属のよろいが紙のようにやわらかく開いて、ぶうんと飛んでいった。おじいちゃんはカラカネハナカミキリだと言った。

「花を喰いに来るんじゃが、頭がいいやつでな。めったなことでは摑《つか》まらん。カミキリの触角は、新子のマイマイも負けるほど敏感なんじゃ」

新子が歩き出すと、シゲルもついてきた。

コケッコケッと走っていたときはヘビのことなど考えなかったが、ゆっくり歩いているとヘビが出てきそうで怖い。

畦道《あぜみち》は一人しか歩けない幅で、ちょっと足が滑ると、さっきみたいに畑の中に転がってしまう。ヘビが出てきたらどうしよう。

「シゲル、私の前を歩いてもいいよ。シゲルは男だから、前を歩かせてあげる」

シゲルは言われたとおり前を歩く。ヘビを踏んづけるのはシゲルだ。

「どこに行くんだ?」

「ナイショ。おじいちゃんとうちしか知らん場所」

おじいちゃん、と言うとシゲルはびくりとする。おじいちゃんに摑まりそうになったカラカネハナカミキリみたいに、大慌《おおあわ》てで飛び立とうとする。

新子はその理由を知っていた。シゲルの家は、戦争が終るまでずっと長いあいだ、青木家の小作だったので、シゲルの両親もその両親も、青木小太郎の名前が出てくると、かしこまってしまうのだ。だからシゲルも、小太郎の話になると、急におとなしくなる。

シゲルの祖父が青木家に来るときは、必ず裏口から顔を覗《のぞ》かせた。玄関の方へどうぞ、と言われて玄関に回っても、玄関の外ではきものを脱いで、それを胸に抱えて三和土《たたき》に入ってくる。冬の寒いときでもそうだった。いくらはきものをはくように初江や長子が言っても、駄目なのだ。シゲルの両親はそんなことをしないが、祖父は小太郎と同じで頑固なのだと長子は言った。

「自分は小作なんだぞって、脅してるみたいで、嫌だわ、ああいうの」

長子が言うと、初江は、そうしたいんだからしかたないよ、と言う。でも、小太郎が茅《ちがや》の先で目を傷つけてうずくまっていたとき、背中に小太郎をおぶって連れてきたのはシゲルの祖父だった。そのときも玄関の外でゾウリを脱いで入ってきた。

シゲルの家だけでなく、青木家の田んぼを作って収穫されたお米の一部を青木家に納める小作は、昔は両手で数えきれないほどいたそうだが、小太郎は地主としてふんぞりかえっているのが嫌で、数学教師になって旅に出た。小太郎の弟はしっかり田畑を守っていたので、田畑の半分は弟の新家《しんや》のものになり、残った半分も、また農地解放で消えてしまったというわけだ。

千年昔の周防《すおう》の国の都と同じように、小作の話も新子には遠い物語にしか思えないが、シゲルの祖父にとっては、小太郎は今も特別な人なのだろう。シゲルにいじめられたとき、新子も「おじいちゃん」のことを大声で言いたくなる。なぜそうなるのか、わからなかった。

川っぷちに着いた。

藤《ふじ》の蔓《つる》と葛《くず》の蔓が絡《から》み合った緑色の壁が、川に沿って直角に曲がる角まで続いている。壁の高さも大人の背丈よりもっと高い。だから藤蔓のハンモックは誰にも見つからないのだ。

その入口のところまでシゲルがついてきた。右目に入った土は涙で流れたみたいだが、ごしごしこするので白目が赤くなっている。

「川の水で、目を洗う?」

新子は、怒った素振りのまま聞いた。最初にシゲルが、ヘビを投げつける真似《まね》をしたのだ。悪いのはシゲルだが、赤い目を見ていると心がとがめた。

うん、とシゲルが目に手をあてたまま頷《うなず》いた。

新子はちょっと考えたが、自分がまいた種だ、と思った。自分がまいた種からニョキニョキ生え出した草は、自分で刈り取らなくてはならない。そういうふうに小太郎に言われていた。シゲルの目から、へんなものが生え出てこないように、川の水で洗わなくてはならない。シゲルの目が、小太郎のように義眼になるのも困る。

「この穴に入っていくの。頭下げて、猫みたいな恰好《かっこう》になって」

葛の葉は大きい。毛がたくさんはえている。でもその葉をちょっと持ち上げると地面から五十センチまで、くぐり抜けられる穴があいている。くぐり抜けるとき、葉っぱが顔や首を撫《な》でるのでチカチカするが、猫のように細長くなって這《は》えばいい。

新子の真似《まね》をしてシゲルも葛のトンネルをくぐった。

「くさいなあ、メチャクチャくさい」

「ジャガイモ畑とネギ畑と春菊畑と一緒にしたぐらい、くさいね」

「それはウンコの臭《にお》いと違うか。ジャガイモ畑に寝っころがるのは汚いぞ」

「ウンコじゃない。あれはジャガイモの花の匂いよ。あんた虫だからジャガイモの花の匂いがわからんのよ」

「ウンコの臭いぐらいわかる」

カラカネハナカミキリは、ジャガイモの花なんか食べないんだろう。

「アフリカのジャングルはね、こんな匂いなの。葉っぱが息してるんだって、おじいちゃんが言ってたもの」

ふん、と鼻で息をしたシゲルは、目をあげて突然叫んだ。

「わあ、すっげえ！」

立ち上がった二人の前に、ジャングルの枝から枝に掛けられた吊《つ》り橋のようなハンモックが現れた。流れの手前の大きな藤の蔓が、向こう側の蔓と絡み合って、ちょうど川の上あたりに、畳半分ぐらいの空中の部屋ができていた。台風で飛んでしまった納戸《なんど》の戸板を切ってその上に乗せ、ゴザが広げてある。

　去年まではハンモックだったが、これだと立派に部屋だ。

「新子が作ったのか」

「ううん、おじいちゃん。でも内緒よ。母さんとおばあちゃんにも内緒よ」

「あがってもいいんか」

「だめ。あんたは目を洗うの。おじいちゃんみたいに目ん玉くりぬくことになったら大変でしょ」

　足元を流れている水はひょいと跳び越えられそうな幅だが、流れは早い。膝《ひざ》ぐらいの深さしかないけれど、川底の石には苔《こけ》がはえて滑るので、尻もちをついたまま直角に曲がる角まで流されたことがあった。緑色のトンネルの中を転がっていく小石になったみたいで怖かった。そのとき千年昔から、この小川に棲《す》みついている魔物の顔が見えた。緑色の鬼のようだったから「緑のコジロー」と名前をつけた。「笛吹童子《ふえふきどうじ》」に出てくる悪い妖術《ようじゅつ》つかいの名前が霧のコジロー。

　全身ずぶ濡《ぬ》れになって家に帰ったが、新子はこの小川のことは話さなかった。小太郎がジロリと、怖い顔で新子を見た。一年生の夏休みのことだ。今なら水の中で転んでも、直角の曲がり角まで流されることはないだろう。

新子は太い藤蔓に足をかけ、ハンモックによじのぼる。ゴザの真中に腰を下ろして膝を抱えこんだ。するとシゲルの顔が自分よりだいぶ下になった。シゲルはしかたなく、川の水で目を洗っている。

突然新子の顔に水がとんできた。シゲルが目を洗うふりで、水をかけたのだ。

「バカ、バカバカ、シゲルのバカ」

新子は手で顔を覆《おお》うが、水は次々にとんでくる。髪も顔も洋服もびしょ濡れになった。マイマイからも水が落ちてきた。

「あんたなんか虫よ。カラカネハナカミキリよ」

水の鉄ぽうが止《や》んだ。

「なんだあ?」

「だから、カミキリ。知らないの?　カミキリ虫」

「ダンゴ虫じゃないんだな」

「ダンゴ虫ってなによ」

「ダンゴ虫も知らんのか?　ベンジョの虫知らんのか?」

「うちのベンジョにはいないもん」

「おる。おるに決ってる。日本中のベンジョにダンゴ虫はおる。だから新子の家にもおる。平等だって父ちゃんも言ってた」

「ダンゴ虫とカミキリ虫は違う。平等じゃあない。シゲルはバカだ。ダンゴ虫でカミキリ虫でバカだ」

　新子は泣きそうになる。腹が立って、腹が立って、胸の中までグショグショになって、わあっと大声をあげたくなった。マイマイも、もう針になっている。シゲルに突進してマイマイで突き刺してやろうか。突き刺してやりたいけど、そのためにはハンモックからおりなくてはならない。おりようとすれば、下から水がとんでくるだろう。今はシゲルの方が強いのだ。ハンモックの上にいる自分より川っぷちに立って見上げているシゲルの方が強いなんて、ものすごく変だ。絶対におかしい。叫び出したいほどくやしい。ほっぺたがひくひくする。息も咽のあたりでひっかかって、しゃっくりみたいになってきた。こらえてもこらえても、息のたびに声がこぼれる。

「カミキリ虫なんだな。ほんとにカミキリ虫なんだな」

　うん、と新子は頷いていた。

「だったらいい。ダンゴ虫でないんなら、いい。でも、新子の家のベンジョにも、ダンゴ虫は絶対にいるからな。ダンゴ虫は平等なんだからな。日本中、平等なんだぞ」

シゲルは姿を消した。

シゲルがいなくなったのをたしかめて、新子は思いきり泣いた。カミキリ虫ダンゴ虫シゲルのバカ。

家に帰ると小太郎が小声で言った。

「どうじゃ、ハンモックは気に入ったか？」

新子はうつむいてマイマイに触ってみる。引っぱったり指で搔《か》いたりしてみた。小太郎はけげんそうな顔で新子を見た。陶器の目ん玉が少し悲しそうだ。

「おじいちゃん、うちのベンジョにもダンゴ虫いる？」

「ベンジョにはベンジョ虫がいる。ダンゴ虫は庭の石の下だ」

また、わけがわからなくなった。でもシゲルよりおじいちゃんの方がきっと正しい。

「日本中、平等？」

「ダンゴ虫は石の下、ベンジョ虫はベンジョ。何が平等なもんか」

光子が、お姉ちゃんごはんでぇす、と走ってきた。ベンジョ虫とダンゴ虫の問題が解決しないのに、どうしてごはんが食べられるの？

「お姉ちゃん、オテナの塔が始まるよぉ」

笛吹童子のときも、ごはんを食べながらドキドキした。お箸《はし》が止まって動かなくなるのだ。早くぅ、ラジオドラマだよぉ、光子が手を引っぱった。

3　レンアイ室の扉は怖かった

藤蔓《ふじづる》のハンモックへは、学校から帰ってまっすぐに行ってみた。光子に見つかったときは、光子を庭に連れていってママゴトをさせた。数を覚えたばかりなので、石ころのアメ玉を数えながらセルロイドのお茶碗《ちゃわん》に入れたり出したりさせていると、自分の声に夢中になって新子のことを忘れる。その隙《すき》に、そっと逃げ出して川に向かって走るのだ。空手チョップで遊んでいると、なかなか逃げ出せない。それに光子は五歳の割には力があるので、チョップで叩《たた》かれると痛い。

川のハンモックは小太郎と新子だけの内緒なのに、今はシゲルも知っている。シゲルが知っていることを、小太郎は知らない。それで新子は、小太郎に何となく悪いことをしている気がする。マイマイも怒っているように、ちょっとかゆくなる。

それでも直角の川に行き、ハンモックによじのぼると、シゲルが顔を覗《のぞ》かせないかなあと思ってしまう。やっぱり土が目に入ったのを怒っているのだろうか。

ハンモックに寝そべって川の水を見ると、水はものすごい勢いで流れている。小石の上でとびはね、両岸から覆《おお》いかぶさった草の下を素早くくぐり抜け、あっという間に新子の足の下を走って遠くなっていく。おまけに水は次から次に流れてきて、飽きもせずに同じことを繰り返す。

でもよく見ていると、全部が同じではなく、小石の上のとびはね方も、草の先を撫《な》でる強さも、ちょっとずつ違う。いや、ちょっとずつ違うのではなく、全部が違う。同じように見えて、一秒一秒、別の水が流れてきて、別の動き方をする。

どうしてこんなふうになるのだろう。

水を見続けていると変な気持になった。

「緑のコジロー」に魔法をかけられたのかしら。

目を少しだけ上げると、川の水は緑色のトンネルの真中から、きちんと正確にやってくる。

これが千年も続いてるんだわ。なんたって千年だもん。

新子は声をあげそうになる。マイマイもじんわりと立ってきた。

とんでもなく長い時間、こんなに急いで流れ続けている水って、やっぱりちょっとおかしい。よくも水が無くなってしまわないものだわ。

水の底には、細切れにされた空が沈んでいた。水に沈んでいても、空の色は空の色だ。白くてひらひらと光っている。「緑のコジロー」も海まで流されていったに違いない。

コジローは若い娘をさらうので、人々から恐れられている。どこに身をひそめているかわからない。いきなり、とび出してきたときは、夕ごはんの途中で光子が泣き出し、ラジオを切られた。それでも笛吹童子の真似《まね》をして箸《はし》を吹いたり、チャンバラしたりする。そのたびにラジオを切られてしまった。妹なんて、いなけりゃいいのに！

お姉ちゃんなんだから、光子の面倒を見なさい。

いつもこうだ。光子がワルサをしても叱《しか》られるのは新子だった。四つも年下なんだから、と初江も長子も言うけれど、チャンバラも空手チョップも強いし、泣き声だって新子より大きいのだ。おまけに前髪が額の上に、ふんわり一直線に下りている。笑うと、抜けた歯まで可愛《かわい》い。親戚《しんせき》の人が来ても、まず抱き上げるのは光子。大きくなったねえ、とか言われて、抜けた歯をわざと見せたりして甘えている。

ああ、このハンモックは天国。コジローも光子もいない。千年の川と私だけの場所よ……

目を閉じると、水の音が頭から胸、胸からお腹《なか》、お腹から足に流れていく。耳の内側にシジミ貝が入りこんできて、川の音が急に静かになった。川の中のシジミ貝は、ぴょんぴょんと跳びはねて、いとも簡単にハンモックの上までやってくる。

耳の中、もういっぱいだよぉ、と言うと、シジミ貝は耳の奥で、震えながら言うのだ。

だって、ヘビが来るから怖いんだもん！

ヘビはシジミ貝なんて食べません。シジミを食べるのは人間だけなの。

だってほら、あの大きなヘビを見て！　シジミ貝でお腹がふくらんでるでしょ。

はあ、なるほど。川の真中にとび出した石に、長いヒモのようにひっかかっているヘビが一ぴき。頭としっぽはだらりと流れにまかせているが、ふくらんだお腹だけが石で支えられている。白いお腹のギザギザした横縞《よこじま》が、水に濡《ぬ》れて光っていた。

死んでいるのかと思うと、頭がひょいと持ち上がって口を開けた。

悪いもんを喰っちまった。ああ苦しい。もうじき死ぬんだ。シジミ貝なんて、喰うんじゃなかった。ああ、お腹が痛い。

新子は慌《あわ》てて自分のお腹に手をあててみた。マクワ瓜《うり》を食べすぎて、さっきまで痛かったお腹が、今は良くなっている。きっと私の身替りになって、このヘビが死ぬんだわ。

へビさん、ごめんね。でもあんたはへビだからしかたないの。これが運命なの。人間はめったに死なないけど、へビは死んじゃうの。今度生れてくるときは、人間になりなさいね。あんたきっと、何か悪いことしてへビになったんでしょう！

意地悪い気持と怖い気持と、可哀《かわい》そうな気持が一緒になって、新子のお腹がまた、むずむずしはじめた。

「新子ォ、やっぱりここだったんだ！」

葛《くず》の葉のトンネルの奥から声がして、シゲルが現れた。

はっとして川の中を見ると、へビがいない。死んで流されてしまったのか。耳の中に指を入れてみたが、シジミ貝も消えていた。夢を見ていたのかしら。

「シゲル、何しに来たん？」

「新子のおじいちゃん、大変だぞ！　みんなで新子を探しとったけど行方不明だから、タクシーで病院に行った」

「おじいちゃん……どうしたの？」

新子は藤蔓に抱きついて、足を一歩一歩下ろしながら聞いた。病院、病院。大変なんだ。

大慌てで跳び下りたので、片足が水に漬かってしまった。

「江島さんとこのラビットと、正面衝突した」

「おじいちゃんが？　死んだの？」

「わからん。皆が新子を探してた。光子もタクシーで一緒に行った。道路に血が落ちてたぞ」

新子は畦道《あぜみち》を走る。シゲルも走る。おじいちゃんは死んで生れ変っても、絶対にヘビになんかならない。ヘビになるのは悪いことをした人間だけなんだ。

家の中には誰もいなかった。光子もいない。全員で病院へ行ったんだ。きっと中央病院だ。

「シゲル、うちも病院へ行かなくっちゃ。おじいちゃんが死んだら、どうしよう」

「自転車で追いかけよう」

シゲルはもう、新子の自転車にまたがっている。新子はうしろの荷台に両足を広げて乗ったが、走り出してみると、よろよろと大きくふらついて右側に倒れてしまった。

「うちがこぐ。シゲル、うしろに乗りなさい」

入れ替ってみたが、やっぱり倒れた。

道がでこぼこなのだ。往還まで自転車を押して走った。お地蔵様やお大姉《たいし》様《さま》をまつったほこらのそばを駆け抜ける。いつもなら手を合わせて通り過ぎるのに、そんな余裕はなかった。

往還に出ると舗装されているので、シゲルの力でも何とかなる。荷台の新子は、大声でシゲルをはげました。

「くじらノルウェー風！　サンマ姿煮《すがたに》ぃ！　ポークビーンズ！　かきたまじるぅ！」

シゲルもハアハア息しながら言う。

「長崎チャンポン！　ぶたじる！　ミルクゥ！」

みんな給食のメニューだ。

「揚げパーン！　コッペパーン！　きつねうどーん！　ミルクはキラーイ！」

「オレ、好きぃ！」

「鼻つまんで飲むもーん！　クサイもーん！　クジラもクサイもーん！」

「オレ、好きぃ！」

「今度あげるねぇ！」

トラックがブバアッと警笛を鳴らしてすり抜けていった。走り出すともう、ふらつかない。給食のメニューの次は、クラスの女の子の名前。サトコ！　チイコ！　メグミ！　クニコ！

「新しく来た子！　何だっけぇ？」

埋立地の紡績会社の社宅に、最近越してきた、真白いソックスの女の子。

「シマズキイコ！」

すぐにシゲルが名前を言ったので、新子は何だか腹が立った。キイコなんてヘンな名前を、シゲルが覚えてるなんて。

病院にとび込んだ。ひんやりとして静かだ。看護婦さんに聞けばいい。

しかし看護婦さんは見あたらず、若い女の人が長い椅子《いす》で雑誌を読んでいる。

「ここ、玄関じゃなくて、別の入口よ」

「オレ、前に来たことがあるから知っとる。こっちの方だ」

廊下をどんどん歩いていった。病室の中にはベッドが並んでいる。白いカーテンが風でふくらんでる部屋もあるが、どこにも看護婦さんはいない。

大きい滑車がついた台の上に、白い布が山のように積み上げてあるところを曲がると、看護婦さんとぶつかった。

「青木小太郎の部屋はどこですかぁ？　交通事故なんですぅ」

デブのゴムマリみたいな看護婦さんは、それだったら、こっち行ってあっち行って、広いホールに出たら、受付で救急病棟はどこですかって尋ねてくれる？　とやさしく言った。

「ここはね、内科病棟なのよ」

ありがとうございましたぁ！

こっち行ってあっち行って……でも広いホールには出ない。同じような廊下が、どんどん続いている。壁に突きあたったので、階段を下りた。シゲルが立ち止まった。

「オレ、ここ知ってる……来たことがある……この下の廊下をまっすぐ行ったら、霊安室だ」

「レンアイ室」

「レイアン室。死んだ人を置いとく部屋。兄ちゃんが死んだとき、ここに来た」

シゲルの兄は、二年前の夏、たしか脳膜炎で死んだのだ。

「……新子は死んだ人を見たことないだろ？　死んだら瓜みたいに、顔がつるんとするんだ」

「マクワ瓜みたいに？」

またお腹が痛くなりそうだ。

「マクワ瓜じゃなくて、白瓜みたいになる」

ヘビのお腹も白かった。

「どうして」

「知らんのか？　死んだら、血液も白くなる」

「うそ」

「兄ちゃんが死んだとき、鼻から白い水が流れた。母ちゃんは、血が白うなったからだって……そっちに行ったら、死体があるかも知れんぞ」

　新子のマイマイはもう、びっくり仰天してぐるぐる回りっぱなしだ。

「死んだら鼻から白い血が流れるの？　シゲルのうそつき！」

「ほんとだ」

「じゃあ見てみよう！　死体を見てみるもん！」

　階段を下りきって、コンクリートの暗い廊下をこわごわ歩いた。うしろからついてきたシゲルが、新子のスカートを引っぱりながら言う。

「……うそじゃないぞ。でも、死体はないかもしれん。帰ろうよ。おじいちゃん、死んでるかもしれんのだぞ」

　死んだらレンアイ室に運ばれてくるのだ。もしレンアイ室におじいちゃんの死体があったらどうしよう。

　泣きそうになるが、足がどんどん動いていく。マイマイは風車のように忙しく回転を始めた。ちょっとやそっとでは止まりそうもない。マイマイが、新子の心臓のネジを巻いているのだ。心臓は、ドクドクと早く大きく打ちはじめた。ついにコンクリートの壁にまで、震えが伝わった。

「シゲル、どの部屋？」

「つきあたり。扉に漢字で書いてあるだろ？　……でも、死体はきっとないよ……新子、帰ろうよ」

たしかに磨《す》りガラスの戸に、漢字で書いてある。中は暗そうだ。左手に重そうな鉄の開き戸があり、その上に「非常口」と緑色の電灯が点《つ》いていた。

「紅孔雀《べにくじやく》」の久美《くみ》ならどうするだろう。勇気をもって磨りガラスの戸を開けるだろう。

扉のノブに手をかけた。

そのときだ。左手の鉄の扉が開いて、外の光がさっと流れ込んだ。新子とシゲルは、声をあげてとびのいた。

「何してるんだ、ここで」

「シ……シタイを……おじいちゃん……青木小太郎って言うんです……死んだかも……」

震えながら新子が言うと、白い作業服を着た大男は二人をじろじろ見て言った。

「今日は誰も死んどらん。ここから出るんだ。遊ぶところじゃない。その庭を右に行ったら玄関だ」

石段を駆けあがり、走った。すると広い玄関があり、人がたくさんいた。看護婦さんに、青木小太郎！　と大声で言うと、うしろから、新子！　新子！　ここよ！　と長子の声。振り向くと、頭に白い包帯を巻いた小太郎と、初江と長子がベンチに座っていた。光子が、おねえちゃあん、と走ってきた。

「おじいちゃんね、ラビットとぶつかって、ここんとこ縫ったの。今、おクスリ待ってる……」

頭のてっぺんを指さしながら言う。

新子は小太郎に抱きついて泣き出した。

「おじいちゃん、生きてたね……レンアイ室で……白い血を……鼻から流してたら……どうしょっかって……」

しゃっくりと涙が止まらない。

「新子、どうやって来たの？　ねえ新子」

シゲルを振り返ったが、シゲルがいない。

「シゲルと……自転車で……レンアイ室に……」

まわりの人が、いっせいに新子を見て笑った。シゲル！　と大声で呼びたくなった。

かんじんなとき、どこに行っちゃったんだろう。

4　ウツギの家で牛乳をのんだ

麦の背丈がどんどん伸び、穂が空をさして一直線に並びはじめると、麦畑はかくれんぼの遊び場になる。

立ちあがれば麦穂の海を見渡すことができるけれど、かがみ込むと誰にも見つからない。畑の端から端までまっすぐに続くトンネルに寝ころがっていると、緑色だった穂先の長い毛が、いつのまにか黄色く変っているのに気がつく。風が吹くとシャシャシャリ、シャシャシャシャリと乾いた音がした。

お姉ちゃあん、どこぉ？　と光子が大声で呼ぶが知らんぷり。たったひとつ畝《うね》が隣だというだけで、姿は見えない。光子は光子で、そのことを知っているから、麦の穂をかき分け踏み倒して、畝から畝に大冒険で探しにくる。いつだったか畦道《あぜみち》に立っていた吉村さんに見つかって、こらぁ、麦ん中で遊んどるんは誰だぁ、とものすごい声で叱《しか》られた。そういうときはじっと体を縮めて動かないに限るのに、光子ときたら大《おお》慌《あわ》てて次々に麦を倒して逃げたので、すぐに摑《つか》まった。

これだから光子と遊ぶのは嫌だ。

光子は叱られないで新子だけが怒鳴られた。麦畑の持主の吉村さんは、罰として麦の黒穂を三十本抜いてこいと言った。黒い穂は病気で、放っておいたら他の穂にうつってしまうのだ。

光子は自分のせいで吉村さんに叱られたことも忘れて、まるで花をつむように覚えたての数をかぞえながら黒い穂をちぎった。光子の数は十でおしまい。それ以上は新子の仕事だった。

三十本もの病気の穂を抱えて畦道に這《は》いあがると、吉村さんはもういなかった。

その麦畑が、ある日学校から帰ると、きれいさっぱり刈り取られて、畝だけになっている。広々としているけれど、もう遊ぶ気にならない。

そして別の日、麦畑に水が引かれ、牛が重い鋤《すき》を引きながら土を掘り返し、平らにされる。水田のできあがりだ。

するとあっという間に田植えになる。

新子の家の田んぼは今は少しだけしかない。家の裏側にある一反四畝《いったんよんせ》の真四角の田んぼも、ほかの田んぼと同じように水田に変っていくのだが、それはいつも最後だ。

近所の農家の仕事が終ったあと、元小作の人たちに手伝ってもらう。

田植えの日など、小太郎は「ごくろうさんじゃのう」と言いながら畦道に立って眺めている。初江や長子はお昼ごはんのおにぎりを作ったり、お酒の用意をしたりして、ちょっとしたお祭り気分。新子はぬるぬるの田んぼに入り、大人と一緒になって苗束を投げた。長いヒモを引っぱって、その手前に一列になって苗を植えていくので、ずらりと並んだお尻《しり》の横の苗が少なくなったら、足のうしろの方に苗束を放る。うっかりしていると誰かの手がストップして、全体のスピードが落ちてしまうのだ。

「ほらこっち、早く投げて！」

と怒鳴られたりする。早く投げすぎても邪魔になって叱られる。転んで泥まみれになったりするが、真黒だった田んぼが、次々に緑色になっていくのは面白い。

田植えが終ると蛍が飛びはじめた。

小太郎は片目だけなので、蛍がみんな一枚の絵の上で光っているように見えるそうだ。

「錦絵《にしきえ》みたいで、きれいだぞ」

と言う。ラビットとぶつかったときも、遠いと思っていたラビットが急に近づいてきたのだそうだ。額の上に丹下左膳《たんげさぜん》みたいな傷ができてしまった。

「新子のマイマイと同じだな」

と撫《な》でている。

明日から夏休みという終業式の日、学校で大事件が起きた。

四月に転校してきた島津貴伊子《しまずきいこ》が、香水の匂《にお》いをぷんぷんさせながら教室に入ってきたので、みんなが大騒ぎになった。

クセエ、と誰かが言い出すと、みんなが口々に貴伊子をからかいはじめた。女の子が、何この匂い？　と言うと、ゾウキンの匂いだ、化粧水の匂いだ、口紅だ、口紅つけとる者がいるんか？　とあちこちで勝手な声がとびかった。

本当はとてもいい匂いなのに、貴伊子には友だちがいないので、あんたたちやめなさいよ、と言ってくれるものがいない。貴伊子は友だちがいなくてもへいきな顔で、真白いソックスの折り目のところを指で何度もそろえている。貴伊子の髪は耳の上だけにパーマがかかっている。松島トモ子や小鳩《こばと》くるみと同じ髪型で「少女」や「なかよし」の表紙みたいだが、笑わないでいつもつんとすましている。くちびるも、口紅をつけたようにいつも赤くつるつるしていた。

「終業式が始まります。皆さん講堂に集って下さい」

と校内放送があったので、立っていた机のふたをバタバタと閉じて廊下に出る。でも貴伊子は教室から出ようとしない。

　廊下の人間が動きはじめる。

「島津さん、みんな講堂に行ってるよ」

と新子は声をかけた。知らんぷりで机のふたを立てて中を覗《のぞ》き込んでいる。机の中には「ぺんてるくれよん」の二十五色が入っている。新子のは十六色だ。しかし絵が一番上手な吉岡さんは十二色のクレパスを使っている。

　貴伊子を呼んでいるのに気づいた五組のシゲルが、教室に入ってきて、新子のかわりに大きい声で言った。

「島津貴伊子、講堂に行かんと叱られるぞ」

　シゲルのおせっかいめ。五組なのに三組の教室にまで入ってきて、余計な世話をやく。すると廊下の窓から五組の者まで顔をのぞかせて、

「香水つけとる」

「お化粧中でーす」

　とはやしたてた。

　貴伊子は立ち上がった。そしていきなり、机の中のぺんてるくれよんの箱でシゲルの頭を撲《なぐ》った。くれよんの箱から中身がとび出した。

はやしたてていた声が、急にやんだ。

気がつくと村上先生が立っていた。高千穂《たかちほ》ひづるに似ているので、ひづる先生と皆が呼んでいる。担任はどのクラスも男の先生だが、保健室のひづる先生と音楽の竹下先生はどちらも若くて美人だ。

「何するのよ、丸木君」

ひづる先生はシゲルをにらみつけ、それから廊下の皆に、早く講堂へ行くように言った。

新子も講堂に行ったので、そのあとのことは知らない。

終業式が終って教室に帰ってくると、廊下にシゲルが立っていた。両手にそうじ用のバケツを持たされている。シゲルは終業式に出してもらえなかったのだ。

貴伊子はシゲルの前をわざとゆっくり歩いて教室に入っていった。

ひづる先生は、シゲルがくれよんを投げつけたと思ったのだろう。しかし、シゲルは悪くなくてくれよんの箱で思いきり撲ったのは貴伊子の方だ。

夏休み帳をランドセルに入れて校庭に出ると、昨日の雨で濡《ぬ》れた土から、もわもわと湿気がたちのぼり、空からは真白い太陽が光を降らせて、ものすごい暑さだ。

保健室の窓によじのぼるようにして中を覗いたが、ひづる先生はいなかった。ひづる先生がいたら、シゲルは悪くないと言うつもりだった。

木の枝にひっかけていた足が滑って、カンナの中に倒れた。起き上がって校門の方に目をやると、他の子供からぽつんと離れて、貴伊子のピンクのランドセルが動いていた。

新子はお尻の土を払って貴伊子を追いかけた。校門のすぐ外には川が流れていて石の橋がかかっている。頭の上に桜の枝が張り出していて、石の上にときどき毛虫が落ちてくる。とんでもなく大きな毛虫も落ちてくるので、石の橋を渡るときは気が気ではなかった。

「島津さん。島津貴伊子……さん」

むりやり、さん、をつけたので、マイマイがむずがゆくなった。

貴伊子は知らんぷりで歩いていく。

「貴伊子！　島津貴伊子！　あんたが悪いんよ！　シゲルは何《なん》も悪うない。あんたがくれよんでシゲルを撲ったのを、うちはちゃあんと見た」

貴伊子の足がとまった。振り返って新子を見た。口がへの字に曲がっているけれど、頬が白くてまつげも長くて可愛《かわい》い。

新子はちょっとだけぼうっとしてしまう。

だけど、妹の光子の方がもっと可愛い。そう思うと元気が出た。

「あんた、シゲルに謝りなさい」

「いや！　あんな汚い子に謝らない！」

驚いた。貴伊子の声が想像していたより低くてかすれていたからだ。松島トモ子や小鳩くるみの声も、かすれているのだろうか。

シゲルはたしかに汚い。ズックの先の親指のところに大きな穴があいているし、顔もキズだらけで、シャツはズボンからはみ出していて、いつも先生に注意されている。それでも貴伊子に汚いと言われると可哀《かわい》そうな気がする。

「なによ。あんたは香水つけたりして！　校則違反よ！」

学級の風紀委員になったとき、校則違反という言葉を覚えた。校則違反、と言うとき、自分が急に偉くなったような気がした。

貴伊子が怒って歩き出したので、新子もあとをついていく。逆立ったマイマイから汗が流れてきた。貴伊子は振り向かないが、すぐうしろの新子に何も言わない。ついに埋立地の紡績会社の社宅にまで来てしまった。ブロックの塀があって、広い門から入ると、市営住宅よりずっと立派な長い家が並んでいた。

四軒続きの細長い家も二軒続きの家も、奥の方へ行くと一軒家もある。貴伊子が立ち止まって新子に言った。

「青木さん、先に行って」

何が何だかわからないまま先に歩いていくと、角の一軒家から黒い犬がとび出してきて吠《ほ》えた。まだ小犬だ。

しゃがんで、おいでおいで、と言うとしっぽを振りながら新子にじゃれついてくる。頭を撫でると新子の鼻を舐《な》めた。

「青木さんは犬が好きなの？」

「うん。うちの近所はみんな犬を飼ってるよ。熊《くま》みたいに大きい犬もいる」

貴伊子が走り出したので、新子もあとを追った。犬もちょっとだけついてきたがすぐに諦《あきら》めた。貴伊子は顔を真赤にして、わざとせき込んでいる。

「ここが、うちの家」

それは敷地に入って目にした家の中で一番大きく立派で、二階建てになっている。玄関の横に空木《うつぎ》の白い花が盛り上がっていた。

「この花、ウツギって言うのよ、知ってた？」

と新子は気おくれしながら言った。

「知らない」

「木のところを折ったら真中がスカスカの空洞になってるからウツギって言うんだって」

「スカスカだと、ウツギなの？」

「よくわからないけど、おばあちゃんがそう言ってた。スカスカでさみしい木だって」

貴伊子は花の一本を力まかせに折った。切り口を見てみると、たしかに中は空洞になっていた。新子も一緒に覗き込むとき、貴伊子からいい匂いがした。折れたウツギの芯《しん》の匂いかなと思ったが、別の匂いだった。

「あがってもいいよ。誰もいないから」

貴伊子はランドセルから鍵《かぎ》を取り出して玄関の二枚の引き戸の真中にねじ込み、ぐるぐるっと回すと、二枚の引き戸は音たてて離れた。

中に入ると、ひんやりと暗かった。

「お母さんは？」

「いない」

「お父さんは？」

「仕事」

「おじいちゃんとかおばあちゃんとか、妹は？」

と新子は想像した。

「いない」

東京から転校してきたので、家族は東京にいるのかもしれない、と新子は想像した。

「……でも、メイドが来る」

ふうん。メイドという名前の人が来るのだろう。二階の貴伊子の部屋に入ってみると、ベッドがあった。新子がベッドを見るのは病院だけで、子供がベッドに寝るなんて信じられない。新子の家では毎晩押入れから布団《ふとん》を出して、朝は畳んでしまう。ベッドの横に机があって、『小公子』や『ハイジ』の本がある。新子は読んだことがない。新子の家にあるのは「冒険王《ぼうけんおう》」とか『鞍馬天狗《くらまてんぐ》』とかだ。

「……牛乳のもうか」

二人は階段を下りて台所に行った。白い電気冷蔵庫の厚い扉を開くと、中がぱっと明るいのに新子はまたもや驚いた。新子の家の冷蔵庫は上の棚に毎日氷屋が氷を運んできて入れてくれる。中は狭くて暗い。電気冷蔵庫は、中が小さな部屋のようになっているのだ。

貴伊子がガラスコップを取り出しているあいだに、隣の部屋を覗くと、ソファーがあってお酒のビンが並んだガラス棚もある。

その上に黒い木で囲まれた女の人の写真が置かれていた。新子の家の仏壇の壁に並んでいる写真と同じ大きさだ。女の人はひづる先生のように美人だ。首に真珠のネックレスをしている。

でもきっとこの人は、死んでしまったんだわ。

写真の前に、ダリアの黄色い花の花びんと、何色ものガラスが渦を巻いている小ビンが置かれていた。小ビンの方をそっと手に持つと、あの匂いだ。貴伊子がつけていた香水の匂いだ。

どきどきし、新子は大慌《おおあわ》てで元の場所に戻した。そして、牛乳を持って入ってきた貴伊子に聞いた。

「お父さん、偉い人なの？」

「うん、お医者さん。会社の中のお医者さん」

本当はそんなこと、どっちでもよかったのだ。聞きたかったのは、あの写真はお母さんなのかってこと。あの香水は、お母さんの香水なのかってこと。それからそれから、どうして貴伊子がその香水をつけたのかってこと。

でも、本当に聞きたいことは、なかなか口にできないこともあるのだ。

新子は女の人の写真から目をそらせて、牛乳をのんだ。いつも飲む牛乳とは違う味がした。

5　ヒョコレーホは花火みたいだった

新子の家にはコンクリートのベランダがあり、そのまわりに竹をたくさん立てて朝顔やへちまやハヤト瓜《うり》の蔓《つる》を這《は》い上がらせている。だからお昼のベランダは、葉っぱの影と太陽の光が、喧嘩《けんか》をしているように動きまわっている。

光子は茣蓙《ござ》の上でままごとをしていてそのまま眠ってしまい、鼻から口にかけて三角形に日焼けしてしまった。

朝起きたらすぐに、開いた朝顔の花を数える。光子の声は十でおしまいだが、花の数はもっとたくさんだ。ねじりアメのように細長くとび出して、先が紫色に色づいているつぼみは、明日の朝開くつもりみたい。小さくて全体が緑色をしているのは、あさってかしあさって。

朝顔の葉は葛《くず》の葉と同じように小さい毛がいっぱいついているけれど、ハヤト瓜の葉はつるんとしている。ジガジガの葉とつるんつるんの葉が、竹垣の間で入り混じったうえ、どこからか夕顔の蔓までのびてきて、ジャングルみたいになった。

アイスキャンデー屋が自転車に青いのぼりを立てて、チリンチリンと鐘を鳴らしながら往還からの道を走ってくると、昼寝をしていた光子がぴくりと起き上がり、まず新子を見る。新子は祖母の初江を見る。初江は長子を見る。長子が、しかたないねぇ、と言うとすぐに家をとび出して走る。そうしないとチリンチリンの自転車は行ってしまうのだ。

五円のアイスキャンデーを五本。小さいのですぐに口の中で溶けてしまった。赤いキャンデーを食べたら舌が赤くなり、黄色いキャンデーは黄色くなった。キャンデーの棒にアタリと書いてあったら、この次に一本もらえる。でもめったにアタリがない。アタリの棒は台所の水屋のガラスコップに立てておいて、五本になるまで待つのだ。アイスキャンデー屋は、二日か三日に一度来るが「ドカン」はお祭りなど特別の日だけ。

「ドカンが来たぞ」

教えにきたのはシゲルで、シゲルは別の子供から教えてもらったのだ。

国衙《こくが》の史跡の、大きな石碑の横、へビのようにのびた松の木の下に、ドカンのおじさんは麦わら帽子をかぶってお客を待っていた。金網の長いカゴと黒い圧力釜《あつりょくがま》を手元に置いて、怒ったように子供の手を見ている。中学生の女の子がビニールの袋に入れた玄米を差し出し、お金を払った。おじさんはちょっと面倒くさそうにそれを受けとると、玄米を釜に入れた。

さあ、みんなドキドキだ。だって突然ドカンとものすごい爆発音がして、長い網カゴの中はお米のアラレでいっぱいになるのだから。

みんな耳を押さえたり、目を閉じたりして、ドカンを待っている。シゲルも両方の耳に指をつっこんで足踏みしていた。

うしろの方で一人だけ、不思議そうに立って見ている女の子がいた。何が起きるか全然知らない、通りがかりの女の子。みんな素足にゲタかつっかけサンダルなのに、運動靴に白いソックスをはいていた。

「貴伊子ちゃん」

新子が呼ぶと、シゲルもびっくりして耳から指をはずしてしまった。そのとたん、ドカーンと爆発した。網かごの中を白いアラレが雪のように舞う。

貴伊子は、手に持った紙の袋を落としてしまった。あわてて拾って、金網の中を覗《のぞ》き込んでいる。

かごの中のアラレを、新聞紙で作った袋にざっと移して、中学生の女の子に渡した。

女の子は白いアラレをひとつかみずつ、みんなに分けてくれた。貴伊子にもだ。

「わあぁ、あつい！」

貴伊子の声に、シゲルが得意そうに言う。

「バクダンアラレ、知らんのか？」

貴伊子は首を横に振り、このまえはごめんね、と言った。シゲルは、うん、と頷《うなず》いた。

アラレを食べ終えて歩き出した。貴伊子は新子の家に遊びに来るところだった。これ、おみやげ、と紙の袋を見せた。

新子が友だちのところに行くときも、友だちが遊びに来るときも、おみやげなんてない。何が入っているのか見てみたいが、貴伊子はしっかり胸に抱いている。

新子の家に戻ってきた。シゲルはさっさとあがって、自分の家みたいに、こっちこっちと貴伊子を案内している。台所にも、台所の隣の八畳の部屋にも、誰もいない。

「おみやげ見せて」

袋の中には、銀紙で包んだ小さなビンが、ごろごろ入っていた。光子が走ってきて、珍しそうに手をつっこんだ。

「これ、何？」

「チョコレート。お父さんの……」

「持ってきてもいいの？　叱《しか》られない？」

「おみやげだから」

貴伊子は、きっぱりと言う。

光子が、さっそく銀紙をむきはじめた。本当にビンの恰好《かっこう》をしたチョコレートだ。食べてもいい？　と貴伊子に聞いている。貴伊子がうんと言うと、光子はビンを丸ごと口の中に押し込んだ。

みんな一つずつ銀紙をむいて口に入れた。噛《か》むのが勿体《もったい》なくてまわりを舐《な》めているうち、光子の顔が突然平家《へいけ》ガニの甲《こう》らのようになった。泣いているような、くしゃみしているような、変な顔。

すぐにみんなも、同じ平家ガニの甲らになった。口の中のチョコレートのビンが割れて、すごい匂《にお》いと熱い感覚が、ぱっと広がったのだ。

光子は手の中に吐き出し、不思議そうに見ている。それからまた、ぱくりと口に入れた。口に入れて、わあわあと何か叫んでいる。

「コへ（これ）、らんや（なんじゃ）」

シゲルが、よだれを手で拭《ふ》きながら言う。

「コへ、ヒョコレーホ」

貴伊子が必死で答える。貴伊子の目も、三角形の光を放ちながら、うろうろしている。

「ヒョコレーホはヒョコレーホやけロ、ラカ（中）がヘンや」

「おハケ（おさけ）が入っホる。うふ」

「おハケや」

「うん、おハケや」

何ておいしいんだろう。光子はさっさと食べてしまい、次の銀紙にとりかかった。皆も大慌《おおあわ》てでのみこみ、次の銀紙に手をのばした。

「ああ、のどの奥がハッカ水を飲んだみたいやなあ」

とシゲルが胸のところを叩《たた》いている。

「うんにゃ、ハッカ水とは違う。ヒマシ油《ゆ》みたい」

と新子は言う。

マッチ箱にウンチを入れて学校に持っていくと、しばらくして「回虫＋」の知らせが来て、ヒマシ油を飲まされた。するとお腹《なか》の中の回虫が死んで、お尻《しり》からニョロニョロと出てきた。

「ヒマシ油っておいしい？」

と貴伊子が聞くので、他の三人がいっせいに、おいしくない！　と言った。スッゴクマズイ！　とシゲルがまた呟《つぶや》く。

「コッヒ（こっち）がウマヒ。アマーイオハケや」

「ヒョコレーホもアマイけロ、オハケもアマーイ」

光子はもう、三つ目の銀紙をむしっている。黙って次々に食べている。

おハケの味に馴《な》れてくると、誰ももう悲鳴をあげなくなった。口の中に一瞬、花火がはじける。そのあと、頭の天井で、お陽さまが十個ぐらいの大きな火の玉が開いて、火の粉がゆっくりゆっくり落ちてくる。すごくいい気分。

光子も顔を真赤にして、フニャフニャ笑っている。

「こへ、オロウハン（お父さん）のやろ？　ええんか？　お母ハンにヒカラレ（叱られ）んか？」

とシゲル。シゲルの目も小さく縮んで、穴から引っぱり出したモグラのようにまぶしそうだ。目の上がハシカのときのように赤く脹《は》れている。

新子はもう、おかしくてたまらない。窓の外の空がぐるぐる回って、ドカンの白いアラレが降ってくる。花火のしずくが次々に白いアラレに変っていく……。

「お母ハン、ヒン（死ん）やったから、ヒカラレんよ」

と貴伊子がよだれをこぼさないように上を向いて言う。

「ヒンやったんか」

「うん、肺に水が溜《たま》って……ヒンやった……」

貴伊子は、自分でもおかしくなって、ヒンやった、を何度も言って、よだれを呑《の》み込んだ。

「ホウか……ヒンやったんか……カワイホウやな……」

次々に食べながら、みんなで大笑いした。光子はもう、口のまわりがベトベトだ。鼻の上にまでチョコレートがくっついている。それを指さして貴伊子が、アハハ、バカみたい、と笑った。光子は鼻の上をこすり、顔中をチョコレートだらけにしてしまった。

畳の上にバタバタと倒れて、ヒンやった、ヒンやった、と大騒ぎした。

「あんたたち、何してるの？」

部屋の入口に長子が立っていた。手にさげていた買物カゴが落ちて、中からゼリービーンズと小太郎のきざみ煙草《たばこ》の「ききょう」が、とび出してきた。それを指さして、貴伊子が、ヒンやった、ヒンやった、うちのお母さん、ヒンやったけど……この人、だれ？　と大声で言って座布団《ざぶとん》につっ伏して笑い続けている。

「この子、どこの子？」

「島津貴伊子レーす。あのぉ、あっちの社宅から来まヒたぁ」

座布団に顔を押しつけたまま、手だけをあっちこっちに振っているので、長子はもう、とび散ったゼリービーンズを放ったらかしにして、

「おかあさん、おじいちゃん！」

と台所の裏口から畑に向かって大声で呼んだ。

初江と小太郎が入ってきて、三人がぽかんと立っている。その顔がおかしくてたまらず、またひっくり返って笑った。笑いすぎて、みんなのお腹が痛くなった。

長子が銀紙のくずの中に、食べ残したチョコレートを見つけ、爆発しそうな火薬のように、そうっと銀紙をむいた。それを口に入れてしばらくすると、やっぱり花火が大爆発！　すとんとその場に腰が落ちてきて、次に突然叫び出した。

「光子、光子あんたも……ああ、食べてる……おじいちゃん、どうしよう……ウイスキーよ、これ」

「それが最後か」

「ううん、もう一個残ってる、えっと、二個残ってる」

小太郎と初江が、ひとつずつ食べて、三人とも座り込んだ。

その恰好がおかしくて新子とシゲルが笑うと、大人の三人も、困ったような情ないようなヘンな顔で、やっぱり笑いはじめた。

ヒョコレーホの中には、笑いグスリが入っているんだわ。

「今日はな、八月十五日なんだぞ」

イモムシみたいに寝ころがった新子たちに、小太郎が言った。

「水、のむ？　水のんだ方がいいいんじゃない？」

と長子が覗き込んだ。

「八月十五日って、なあに？」

新子はイモムシのまま、手足をバタバタさせて聞いた。

「あのね、死んだ人の魂が、帰ってくる日」

長子の声に、三人はとび起きた。

「ヒンやった人が帰ってくるの？　貴伊子ちゃんのお母さん、帰ってくるの？」

「この子のお母さんが？」

するとと光子が急に立ち上がって言った。

「うん、肺に水が溜って死んだの。そうよねぇ？」

とうれしそうに貴伊子に首をかしげる。

シゲルは正座している。小太郎が苦手なのだ。

「……帰ってきたら、貴伊子、叱られるなぁ。黙ってこれ持ってきたから、叱られるぞ！」

「このウイスキーボンボン、おうちから黙って持ってきたの？」

長子に聞かれて、貴伊子もしょぼんとなった。

「……お父さんの机の引き出しから持ってきた。だっておみやげだもん。もう帰る」

シゲルが立ちはだかった。

「貴伊子、帰ったら叱られるぞ！　死んだ人が帰ってくるんだぞ！　そしたら死んだ人に、頭撲《なぐ》られるぞ！　父さんの引き出しから父さんのもの、盗んだんだからな」

新子のマイマイもぶるぶると震え出した。

「シゲルもうちも、一緒に叱られるね」

長子と初江は顔を見合わせている。小太郎が言った。

「そりゃ叱られるに決っとる。死んだ人が怒ったら怖いぞぉ。ちょっと待ってなさい」

小太郎は白とピンクと黄色のグラジオラスと、赤いダリアを切ってきて広告紙で包んだ。

「ほら、これ持って、皆で貴伊子のうちの仏さまに、お詫《わ》びをしてくるんじゃ。死んだ人はお花が好きじゃから、許してくれるかもしれん。一緒に行って拝んでくるんじゃ。光子は行かんでよろしい」

新子とシゲルは貴伊子の社宅まで歩いた。

学校はまっすぐ西に行くけれど、その半分ぐらいの距離を南に行くと、貴伊子の社宅がある。

「……本当に死んだ人が帰ってきたら、怖いのぉ。お兄ちゃんが帰ってきたら、オレ、タンコブ五つぐらい撲られる……」

とシゲルが言う。

「帰ってなんかこない」

と貴伊子が立ち止まって、怒ったような顔で言った。新子も、帰ってなんかこないと思う。

もし帰ってきても、死んだ人は叱ったり撲ったりできないよ、きっと。

マイマイが、ちょっとだけシクシクした。

国衙の史跡の松の下で、ドカンのおじさんが麦わら帽子を顔にのせて眠っていた。

史跡の広場の向こうで、桑の木が揺れている。

「じゃけど、あのチョコレートは、どくろかずらの煎《せん》じ汁みたいに魔法がかかっとったのかもしれんぞぉ」

紅孔雀《べにくじゃく》のどくろかずらは恐ろしかったけど、チョコレートは甘かった。

「……貴伊子ちゃん、もしもお母さんが帰ってこんでも、がっかりせんのよ？」

言いながら新子は、胸がむずむずしてきた。大声で叫びたくなった。

「ドカーン」

松の木の下のおじさんがむっくりと起き上がったので、三人は走った。お花を落としたので、拾ってまた走った。

6　山賊の穴から走って逃げた

新子の家から南に十五分歩けば海岸、北に同じほど歩くと多々良《たたら》の山につきあたる。多々良の山には新子の家の代々のお墓があって、そのすぐ近くに菩提寺《ぼだいじ》もある。お墓やお寺に行く途中の坂道は、山の木が覆《おお》いかぶさっていたり、三角池があったりして、夜はものすごく怖い。

小太郎が三歳のとき、三角池に落ちて死にかけたそうだ。三方の壁がストンと落ちこんでいるので、一度足を滑らせたらヘビだって這《は》いあがれないという。

「おじいちゃん、どうやって助かったん？」

「教えてやろうか。誰にも内緒じゃぞ。水をガブガブ飲んでな、もう死ぬ、と思うたとき、ひょいと目を開けると目の前に、銀色の細長いもんが浮かんでおった。必死で摑《つか》んで泣いとったら、通りかかったお寺の坊さんが引っぱり寄せてくれて、いのち拾いしたんじゃ。その銀色の細長いもんはな、三日月じゃった。わしが助かったのを見て、すうっと空に戻っていったと、その坊さんが言うとった。今の坊さんのおじいさんだ。本当のことじゃ」

ふうん、と頷《うなず》いたが、何だかへんだ。小太郎の手が新子のマイマイを引っぱったり撫《な》でつけたりするときは、何かヘンな話をするときなのだ。

中国大陸で戦争があったときの話も、新子は大好きなのだが、やっぱり何かヘン。中国大陸の奥地まで匪賊《ひぞく》退治に行ったとき、食べ物がなくなったので、トリを撃って食べようということになった。トリはどこだ、と空を探してもトリの姿はない。目の前の山が真白で、山全体がガサゴソ動いている。山がトリで埋めつくされていたのだ。そこで鉄砲を取り出し（と小太郎は、背中から長い剣を抜くようなかっこうをした）山の真中めがけてズドンとやった。

「そしたらなあ、山全体がバタバタ、グワーグワーと、ものすごい音をたてて空に持ち上がった。空がトリで真暗になったんじゃ。頭を抱えて目をつむっとらんと、トリに目ん玉まで持っていかれそうじゃった。台風が三つも一緒に来たような大嵐《おおあらし》で、トリの羽根が雨のように降ってきた。しばらくすると静かになったんで、そおっとうす目を開けてみるとな、山のあっちこっちで、撃たれたトリが五つも六つもバタバタしとった。そいつらを片っぱしから摑まえて、トリを腹いっぱい食べた。トリでできた真白い山を、新子は見たことがないじゃろう」

トリで真白になった山？　そんなの見たことがない。三日月を手で摑んだこともない。

お墓参りに行ったとき、三角池を覗《のぞ》きこんでみたが、緑色の藻がいっぱい浮いていて気持悪かった。

その池から少し坂道をくだったあたりに、白い土がむき出しになった山がある。松の木が繁《しげ》る斜面の上に白い壁が立ちあがっていて、横並びに三つの大きな穴があいていた。初江は、防空壕《ぼうくうごう》だと教えてくれた。長子は、絶対に入ってはダメ、と言った。

「覗いてみるだけでもダメ？」

「ダメ」

近くを通るとき長子は、新子の手を引っぱった。それでもちらっと横目で見あげてみた。奥が暗くて、うんと深そうだった。

「別の防空壕でね、大雨が降ったときにね、中で遊んでいた子が土砂に埋まって死んだのよ。だから絶対に入っちゃダメ」

長子も初江も同じことを言うし、小太郎までも、暗いだけで何《な》あんもないぞ、と言う。だけど、魚屋のおばさんについてくる中学一年の八郎は、あの穴は面白いぞ、とこっそり新子に教えてくれた。

八郎は魚屋のおばさんの子供ではなく、ずっと昔東京から来て一緒に暮している甥《おい》で、夏休みのあいだはおばさんのリヤカー引きを手伝っているのだ。

魚屋のリヤカーは、いつもきっかり八時半に来る。朝三時に起きて魚市場に仕入れに行き、氷と魚が詰ったトロ箱をリヤカーに積み込み出発。一日に三十キロも歩く。

途中でお弁当を食べるのだが、あるとき急に雨が降ってきたので、山の穴の中に雨やどりをした。そのときになんと山賊の骨を見つけたのだと、八郎は新子に耳打ちした。

「あの穴は元々、山賊の隠れ家だったんだ。戦争のとき防空壕に利用しただけなんだ」

その話をシゲルに伝えたところ、山賊の骨があるなら、宝物もあるかもしれん、と言い出した。

シゲルは同じ五組の町田ヒトシに、その話をした。ヒトシもほかの子に話して、いつのまにかラジオ体操で集まるみんなが、山賊の話に夢中になった。

そしてついに、五年生の鈴木タツヨシが、穴を探険すると言い出した。

「おい新子、今度の日曜日に決死隊だからな。みんなに内緒だぞ。オナゴは新子だけだからな。ラジオ体操がすんだら、史跡のとこの桑の木に集合。いいな」

タツヨシは、古い神社のくさりかけたやしろを探険したときにも、決死隊の隊長だった。やしろの裏側の急な階段をネズミのように這いあがって扉を押し開くと、中は空っぽだった。でも何だか臭かった。タツヨシは、お父さんが枕元《まくらもと》に置いて寝ている木刀を腰にさしていた。目には見えないが、ここには魔物が棲《す》んでいる、と言ってあっちこっち切りまくった。今度もあの木刀を持ってくるつもりだろうか。

「光子も一緒に行っちゃダメ？」

「ダメに決っとる。光子は子供じゃから」

「じゃ、魚屋の八郎は？　山賊の骨見つけたって言ってたよ」

「八郎は中学生じゃから、ダメ」

それでも新子は、決死隊のことを八郎に喋《しゃべ》った。おばさんが、エソのエラのところに鉤《かぎ》を引っかけて、台所におろしに行った隙《すき》に、新子は八郎を手招きして言ったのだ。おばさんは包丁さばきが早いので、魚をおろすのに十分とかからない。

「今度の日曜日、山の穴に決死隊するの。タツヨシとシゲルと一緒。ラジオ体操のあと、史跡のところの桑の木に集まる」

八郎は、へんな恰好《かっこう》に曲がったトマトを一個、リヤカーの前の方から持ってきて新子にくれた。魚と物々交換した野菜が積み込んであるのだ。

た。

「早く食べろ」

陽に照らされてあったかいトマト。ガブリとやると、口の中でトマトの匂《にお》いが弾《はじ》け

「ほんとか、決死隊」

「うん。でも、山賊が出てきたら怖い」

「中学生が一緒に行った方がいい。山賊は大人だから、子供ばっかりじゃ危険だ」

日曜の朝、桑の木のところに集まってきたのは五人。タツヨシとシゲルと新子、だけのはずが、八郎と光子も来た。光子は新子がそわそわしているのに気がついて、振り払っても振り払ってもスカートを放さないので、連れてくるしかなかった。タツヨシは最初渋い顔だったが、八郎が持ってきたトマトを齧《かじ》っているうち、八郎の子分になった。やっぱり中学生がいた方が頼もしい、と新子も思った。

「おねえちゃん、これからどこに行くの？」

「山賊の穴」

光子に山賊の説明をするのは大変だ。紅孔雀《べにくじやく》のされこうべ党みたいなもんだ、と言うと目を丸くした。家に帰る、と言い出してくれればいいのに、と思ったが、やっぱり新子のスカートを放さない。

トマトを食べ終えたタツヨシを見て、八郎が号令をかけた。

「よし、出発だ。みんなオレにいのちを預けたな？」

新子も光子も頷いたが、いのちを預けるというのは、どうすればいいのだろう。

五人は大人に見つからないように、細い道をえらんで歩いた。田んぼに出て草取りしている人がいると、曲がった腰が立ち上がる前に、急いで走り抜ける。畦道《あぜみち》で光子の右足が田んぼに落ち込み、膝《ひざ》から下が泥だらけになったときは、川の水で洗ってやった。そのときはシゲルが見張りをした。

「万一大人に見つかったときは、決死隊のことは内緒だからな。山に昆虫採集に行くと言うんだぞ」

昆虫は山でなくても、田んぼや道端や新子の家の庭の木にも、たくさんいる。セミもバッタもチョウチョも、家のまわりで摑まえることができた。

山の下を走る道に出たとき、新子は言った。

「お寺への道を行くと、坊さんに見つかるかも知れん。三角池もあるし、危ないよ」

川に沿って行こう、ということになった。

新子のハンモックがかかっている直角に流れる川の上流は、二つに分かれていて、ひとつは三角池から、もうひとつは穴のある山の方から流れてきていた。川といっても、大人なら跳び越えてしまえるぐらいの小さな流れだ。

　ところどころにアザミが繁っていて、行く手を邪魔した。八郎が針の葉を踏みつけると、次々にその上を歩いた。

　しばらく行くと、八郎が、シイッと口に指をあててしゃがみこんだ。皆が真似《まね》をしてしゃがみこむ。光子も真似をしてシイッと言った声がびっくりするほど大きくて、新子は慌《あわ》てて光子の口を手で押さえた。

「誰かがいる……鉄砲を持ってるかもしれん……」

　しゃがみこんでじっとしていると、心臓の音が頭にまで伝わってきた。山賊だろうか。見つかったら殺される。そのときは光子を助けるために、自分が犠牲になろう。

「……よし、行くぞ」

　またそろそろと動き出した。そしてついに、三つの穴がある斜面の下まで辿《たど》りついたのだ。穴の入口は斜面の上だ。

　八郎が先頭になり一列で斜面をのぼる。途中に松の木や大きい岩があり、八郎の命令で体を隠しながら行く。

　穴の入口に立つと、穴は八郎の背丈よりずっと大きくて、中は暗かった。ちょっとヘンな匂いがする。タツヨシが木刀を振り回した。これからが決死隊なんだ。いのちを預けたんだ。光子が真赤な顔で息をハアハア吐いている。その耳に手をあてて言う。

「大きい声を出すとね、山賊が出てきて殺されるから、静かにね」

光子は、嬉《うれ》しそうに頷いた。

穴の壁に背中をつけるようにして入っていく。八郎、タツヨシ、シゲル、新子、光子の順だ。

中は真暗だと思ったが、しばらく行っても外の光で明るかった。穴には何にもなくて、真中を細い水がチロチロと流れていた。すぐに壁につきあたった。想像していたほど深い穴ではなかった。山賊もいない。なあんだ、つまんない。タツヨシは見えないクモの巣を払うように、木刀をめちゃくちゃに振り回している。

二つ目の穴は一つ目より入口が小さくて、奥が深かったけど、やっぱり中はがらんどうだった。山賊の骨や宝物を探してみたけれど、石ころとミルクキャラメル「紅《こう》梅《ばい》」の箱と、水に濡《ぬ》れたパイプの絵のマッチ箱だけだった。

八郎はマッチ箱をつまみ上げて言った。

「山賊がここにいた証拠だ」

するとマッチ箱が急に怖くなった。

三つ目の穴の入口に立ったとき、それまでの二つの穴とは全然違う匂いがした。小太郎が吸うきざみ煙草《たばこ》によく似た匂い。中を覗きこむと、空気も埃《ほこり》っぽかった。

今度こそ山賊なんだわ。

新子のマイマイは、アンテナのように立ち上がった。八郎に言う。

「今度はうちが先に行く。みんなうちにいのちを預ける？」

八郎とタツヨシは黙っている。シゲルがしかたなく、預ける、と言った。光子も真似をした。

新子が先頭だ。目をこらすと、ちょっとだけ目の前が明るくなる。こういうとき新子のマイマイは、懐中電灯にもなるのだ。

「おいで！　奥の方に何かあるよ！」

灰色の物が見えた。宝物か山賊の骨か。

おじいちゃんは匪賊を退治したんだ。ぶるるっと武者ぶるい。

「一列よ。ちゃんと一列になって！」

新子は先頭になったことを、ちょっとだけ後悔した。真先に殺されるのはきっと自分なんだ。

一列に、と言ったのに、決死隊はバラバラだ。吐く息も大きい音がする。ときどき光子がしゃっくりした。背中から射《さ》しこむ光が川の水のように右に左に動くので、奥にある灰色のものが良く見えない。

「あれは……」

新子は息をとめた。

「あれは……死体！」

その瞬間、みんなが大声をあげ、出口に向かって走った。光子が転ぶ。構わずみんな走った。光子は泣きながら立ち上がって、ついてきた。

外に出ると、空が真白だった。それからしばらく、みんなでわあわあと悲鳴をあげた。タツヨシは木刀を穴の中に落としてきたらしく、振り回すものがない。木刀を拾いに戻るかどうか、迷っている。のぼってきた斜面を走って下りようとするシゲルを、八郎が呼びとめた。

「ちょっと待て。新子、本当に死体だったんか？」

「うん……あれは死体……」

でも新子は、死体を見たことがない。八郎にそう聞かれると、本当に死体だったのかどうか。

「オレも見た。手とか足とかがあった」

とシゲルが言った。

そのときだ。おい、と声がして振り向くと、穴の横の松のところに男が立っている。男は新子たちに何か言おうとして、近づいてきた。

ウァァァ！　ギャァアア！

斜面を転がったり滑ったりしながら逃げる。光子の手を引き、新子も必死で逃げた。山賊だ、山賊が出た！

決死隊はバラバラになった。

家に帰りつくと、光子のパンツも新子のスカートも泥だらけ。

「お母さあん！　お母さあん！」

長子が家の中から出てきた。

山賊が……と言いかけたとき、急にマイマイが痛くなった。そうだ、穴の中に入ったことを言ったら叱《しか》られる。どうしよう。

光子が長子にむしゃぶりついて言った。

「山賊が出たの……、死体があったの！」

新子は急に不安になった。あれは本当に死体だったのかなあ。もし違ってたら嘘《うそ》ついたことになる。嘘は泥棒のはじまりだとおじいちゃんが言ったけど、泥棒も死体も、両方イヤだし、困ったなあ。

「どこに行ってたの？」

「ええと……川の方……」新子は光子の手を引っぱって外に連れ出した。穴のこと喋ったら、もう遊んであげないからね。

7　木の足のおじさんはどこに行ったの

山賊の穴に決死隊五人が探険に行ったあくる日、魚屋のリヤカーに八郎はついてこなかった。おばさんに八郎は？　と聞くと、カゼを引いて寝てる、と言った。

山賊に殺されたんじゃなくて、よかった！

するとまた、新子のマイマイは痛みはじめる。山の穴の奥で目にしたものは、本当に死体だったのかしら。

死体を見たのに、大人に黙っているのはよくない。でも、死体じゃないのに死体だと言ったのなら、嘘《うそ》つきになってしまう。

あのとき、新子が大声で叫んだから、みんながワァッと走り出してしまった。ちゃんと確かめればよかったんだ。

八郎もきっと、逃げ出してしまったのがカッコウ悪くて、カゼのふりして寝てるんだわ。タツヨシが放り出してきたお父さんの木刀はどうなったのだろう。

あれこれと考えてしまう。光子が何か喋《しゃべ》ってしまわないか心配だが、光子は事の重大さに気がついていないし、穴のことも死体のことも忘れてるみたい。少しほっとした。

ラジオ体操でタツヨシやシゲルと会っても、二人とも知らん顔をしている。やっぱりみんな、山賊が怖くて逃げ帰ったのが恥ずかしいのだ。

夏休みが終ってしまって、ベランダの朝顔が実をつけた。へちまの実も、ぶらさがった。でもまだ暑くて、汗びっしょり。

新子が学校から帰ってくると、門のところに隠れて待ち伏せしていた光子が、エエイッ、と掛け声をかけながら走り出してきた。道路から細い道を入ってくるとき、光子の姿がちらりと見えたので、とびかかってくるのがわかっていた。

手にぶら下げた木刀を取り上げてみると、タツヨシが決死隊で山の穴に持っていったものにそっくり。

「これ、どうしたの?」

「そこにあった」

と光子は玄関の中を指さした。中から男の声が聞こえる。小太郎の声も聞こえる。

新子はランドセルを背中から下ろしながら裏口に走った。裏口からそっとあがって玄関の方へしのび足。あのときの山賊が、木刀を返しに来たのだろうか。

「……たしかに、うちの新子じゃろうな。このあたりの女の子でマイマイがあるのは新子だけじゃからのう」

と小太郎が言った。

新子はあわててマイマイを手で押さえる。あのとき、山賊にマイマイを見られてしまったんだ。決死隊のことも、山の穴のことも、おじいちゃんに知られてしまったに違いない。

新子はランドセルを放り出して、裏口から外に出た。玄関のところで光子が木刀を必死で持ち上げようとしている。重いのでふらふらしている。

隠れて見ていると、玄関から男が出てきた。男の手が光子の頭を撫《な》でながら何か言った。光子は笑って返事している。たぶん、山賊なんかじゃないんだ。でも山賊の一味かもしれない。

だって、死体みたいなのが、たしかに穴の奥にあったんだもん。

男は茶色いシャツと濃い緑色のズボン。それに兵隊さんの帽子をかぶっていた。何だかあやしい。

新子は男のあとをつけることにした。もし本物の山賊だったら、別の場所に秘密の隠れ家があるかもしれない。

　光子が木刀を持って家の中に入った隙《すき》に、道の角まで走った。首だけ出して様子を見ると、男は山の方へ歩いていく。まわりは田んぼで稲の穂がざわざわ動いているだけ。その中にもぐり込んでは、また男を追いかけた。決死隊の五人では、とても無理だけど、新子だけならさっと身を隠すことができる。

　男は山の下の道まで来て右に曲がった。それから、この前の決死隊とは別の広い道をまっすぐに行き、穴の下の斜面のところで立ち止まって振り向いた。

　あっと思ったが遅かった。男が振り向かずにスタスタ歩くので、油断していた。

「……新子ちゃんだろ?」

　逃げ出そうと身構えたが、新子のマイマイが、逃げちゃダメ！　と言った。ダメダメ、ちゃんと本当のこと、たしかめなくっちゃ！

　男が笑った。でも新子は光子のように笑い返したりできない。死体みたいなもの、見ちゃったんだもの。

「はい！　青木新子です！」

　大声で言わないと、声が震え出しそう。

　男が近寄ってきたので、思わずあとずさりした。すると男も立ち止まった。

「……あのう……あのう……おじさんは山賊ですか?」

男の顔が、ちょっとだけ悲しそうに、そしてやさしそうになった。

「どうして山賊だと思ったの? いや、山賊じゃないけどね」

そう言えば男は鉄砲も刀も持っていない。タツヨシが穴の中に忘れた木刀も、今は光子のオモチャになっている。

だって、と新子は言い、片手でマイマイの毛を触ってみる。だって、の続きが咽《のど》の奥につまったまま出てこない。

エイヤッとマイマイの毛を引っぱったら、声が出た。

「だって、穴の奥に死体があったもん」

「死体?」

「見たんだもん。シゲルも見たって言ったもん。手とか足とかが見えたって」

男は、頭の上にハチがとまったようなヘンな顔になった。とがった鼻の先がひくひくした。

「じゃあ、一緒においで。確かめてみよう」

「おじさんは、人間を殺したんですか?」

「……むつかしい質問だな。新子ちゃんが生れる前に戦争があったの知ってるだろ?」

「……戦争じゃなくって」

「ああ、死体ね？　死体かどうか、新子ちゃんが自分の目でたしかめればいい。怖いからってたしかめないままだと、ずっと大人になっても怖いままだ。おじさんみたいになっちゃうぞ。逃げちゃダメだ。ついておいで」

うん、と新子はうなずいた。

男はどんどん斜面をのぼっていく。新子はいつでも逃げ出せる距離をおいて、男のあとについていった。そして穴の入口まで来た。

「おじさんが怖いんだろ？　下まで水を汲《く》みに行ってくるから、中をのぞいておいで」

男は穴の中からバケツと懐中電灯を持ってきて、懐中電灯を新子に渡した。そしてスタスタと斜面を下りていった。

斜面の砂を巻きあげるように風が吹いてきた。怖いからってたしかめないままだと、ずっと大人になっても怖いままなんだ……。

懐中電灯のスイッチを押した。穴の中が丸く照らされて、明るくなった。新子がどきどきすると、丸い光も震えてしまう。どきどきではなくて、どっくんどっくんだ。丸い光も、どっくんどっくんと、上に行ったり下に行ったり。そろそろと、少しずつ奥に入っていく。

おじいちゃんが三角池で溺《おぼ》れて死にかけたとき、三日月が助けに来てくれた……うちもきっと、誰かが助けに来てくれる……でもおじいちゃんは、怒るだろうなあ。白いものが目に入った。懐中電灯を落としそうになる。決死隊のときは叫んでしまったけれど、いまは声も出ない。胸のどこかが、石みたいに固くなった。

でもそれは毛布だった。毛布のそばに七輪があり、飯盒《はんごう》やお鍋《なべ》、ヤカンもある。コップやお茶碗《ちゃわん》、それにジャガイモ、スルメ、ダルマの風邪ぐすり、竹ぼうきも。

ほっとしたとたん、懐中電灯の丸い光の端っこに、人間の足が……。

ひやぁ！　あったぁ！

マイマイも、頬っぺたも、手も足も、新子の全身は氷になって震える。光の輪がぐるぐるでんぐり返っている。駆け出したいけど足が動かない。

もう一度、ちゃんと見なくっちゃ！　絶対に見なくっちゃ！　そうしないと大人になってもずっと怖いままなんだ！

ぐるぐる回っている光の輪を、ちょっとずつ死体に近づけた。でもちょっとずつだとものすごく怖い。目をつぶってエイヤッと光をぶつけた。そして薄目を開けてみた。

人間の足？　何かヘンだな。茶色い木に見える。それに鉄のようなものがついている。膝《ひざ》の曲がるところもちゃんとある。膝のところは石みたいに白い。死体じゃないみたい。すぐそばの岩の壁に、松葉杖《まつばづえ》が二つ立てかけてあった。

新子は近づいて行って二本の足が良く見えるようにしゃがみこんだ。足のかたちをしているけれど、外側だけで中身がない。

「ほらね、死体じゃなかっただろ？」

男がバケツを持って立っていた。バケツには水が入っている。このまえ決死隊が山賊だと思ってちりぢりに逃げたときも、男はこのバケツを持ってたんだ。

「……自分の目でたしかめたら、怖くなっただろ？」

うん、と新子はうなずいた。本当にいまは、何も怖くない。

「でも、これ、なに？」

と人間の足みたいなものを、指で触ってみた。ところどころ黒くなっているけど、やっぱり木だ。

「これはね、こんなふうに足にくっつけるんだ」

男はバケツを置いて、足のかたちをした木で自分の膝から下を挟んだ。そして鉄の輪みたいなものでしっかりと止めた。新子は気がつかなかったけれど、足首から先も足の甲とかかとに分かれている木があって、それで挟んで鉄で止めると、立派に木の足ができあがった。

「もうひとつの足も、同じようにするの？」

「こっちは、かかとから上だけだけどね」

「面白いね」

「あさっては秋のお祭りだろ？」

「うん、でも大きいお祭りは、もっとあと」

「白い服着て、帽子をかぶって、鳥居のところで膝をついて、じっとしているんだ」

　お祭りのとき、片足が鉄の棒だったり、両手がなかったりする人が参道に何人かいて、新子はいつも怖くて遠まわりをした。戦争でケガをした可哀《かわい》そうな傷痍《しょうい》軍人さんだと、長子は小さい声で言った。

「みんなからお金もらうんでしょ？」

「……そうだね。しかたないだろ？」

「お祭りの日は、新子もおじさんに、お金をあげるからね。べっこうアメとカルメ糖をいつも買うんだけど、カルメ糖はやめて、おじさんにお金あげるからね」

　ああ、約束しちゃった。約束しちゃったんだから、本当にカルメ糖はあきらめなくっちゃならない。いいのね？　とマイマイが新子に言う。

「……新子ちゃんは、お金くれなくていい。お金は、大人からもらうんだ。戦争したのは大人だから、大人からもらう」

ふう良かった。カルメ糖が買える。だってべっこうアメが一本十円でカルメ糖は一袋二十円だから、カルメ糖が買えないと、ほんとうは悲しい。

それに、とおじさんは木の足を撫でながら言った。

「……それにこの足、ニセ物だしな」

「木の足はニセ物だけど、中は本物の足でしょ？　本物の足なら、怖くないもんね」

新子は木の上から、ぽんぽんと叩《たた》いた。おじさんも自分の足を叩いて笑った。

「おじさん、どこから来たの？　ずっとここにいるの？」

おじさんは考えこんでいる。

「……どこから来たのか、忘れちゃったなあ」

「忘れたの？　お父さんやお母さんのことも忘れたの？」

「死んじゃったから、忘れてしまった」

「お墓に行かないの？」

「お墓はない。中国の満州というところで死んだから、お墓はないんだ」

「中国の満州って知ってるよ。おじいちゃんが山にむかって鉄砲撃ったら、トリがバタバタ死んでお腹《なか》いっぱいトリを食べたところ。さっきおじいちゃんと話してたでしよ?」

「うん。ここに来たこと知られたら、叱《しか》られるよ。帰りなさい」

新子は立ち上がって、バイバイと言った。

「早く帰りなさい。あ、懐中電灯」

「忘れてた」

左手で握りしめていた懐中電灯を返すとき、光がおじさんの顔を照らした。目のまわりがナメクジが這《は》ったように濡《ぬ》れていた。

やっぱりカルメ糖はあきらめて、おじさんにお金をあげよう、と新子は思った。

家に帰ると、玄関のところに小太郎が立っていた。右手にタツヨシの木刀を持って新子をにらんだ。

「こっちに来なさい」

仏壇の前に連れていかれて手を合わさせられた。叱られるときはいつもこうだ。しゅんと体が縮んでいき、頭がお腹にくっつきそうだ。

「叱られる理由はわかっとるじゃろうな」

「……うん」

「わかっとればそれでいい。この刀、誰のだ?」

「タツヨシ。お父さんがおまわりさんの……」

「明日、返しとくんじゃ」

「おじいちゃん……」

こわごわ目を上げた。

「……穴の奥に死体があるって皆に言ったけど、死体じゃなかった……山賊じゃなくって、お父さんとお母さん、満州で死んじゃったんだって……嘘ついたの、皆に謝った方がいい？」

小太郎は考えこんだ。やっぱり謝らなくちゃいけないよね。小太郎は返事をしないで庭を見続けている。ちょっとだけ怖い横顔だった。

祭りの日、新子は長子からもらった三十円を握りしめて神社にお参りした。光子は十円。

あのおじさんがいたら、どうしよう。べっこうアメ一個買えば光子も一個買うだろう。そして残りの二十円をあのおじさんにあげる。それとも光子にべっこうアメを買わせて二人でなめて、自分の二十円でカルメ糖を一袋買えば両方食べられるけど、残りは十円。おじさんには十円でもいいのかな。どうしよう。どうしよう。

決心がつかないまま、光子の手を引いてぞろぞろ人のあとを歩いた。歩きながら、鳥居のところや参道の両側を見た。

でも、おじさんはいない。必死で探したけれど、白い服に木の足のおじさんは、どこにもいなかった。

新子は泣きたくなった。十円玉三つが、手の汗でぐしょぐしょだ。

8　台風もお大姉様《たいしさま》も、英語でヒューヒュー

　台風が来るとなると、新子の家は大騒ぎになる。ラジオはつけっぱなし、昔からの怖い話が次々にとび出してきた。

　初江の実家は、佐波川《さばがわ》の上流の村にある。実家のお隣さんは、家の土台がシロアリにやられていたので、台風の夜ふわりと風で持ち上がって、三メートルも移動したのだそうだ。それでも誰も死ななかったのは、お大姉様のお告げで、その家の家族は初江の実家に身を寄せていたからだった。

　田んぼの畦道《あぜみち》に立っているお大姉様のほこらに、ふんぱつして十円置いて手を合わせたところ、西の家に入れ、と声がしたのだって。西隣の初江の実家にそのことを言うと、台風が来る夜、おにぎりや煮物をたいて家族を待っていた。

　襲ってきたのはルースという名前の台風で、横からの風だけでなく、天井が持ち上げられたり押し潰《つぶ》されたりする暴風雨だったそうだ。

お大姉様の木のほこらは屋根が飛んでしまったけれど、お告げがあった家は三メートル移動しただけで、畑の中にちゃんと立っていた。それをまたみんなで抱えて、元の場所に戻したのだそうだ。

　家を建てかえるお金がないので、今度こそ潰れてしまうかもしれない、と初江は心配している。

　お大姉様のほこらは、新子の家の近くにも二つある。中にはお地蔵さんに似ているけれど帽子やエプロンがちょっとだけ女性らしい仏さまが、うしろの壁ぎりぎりに立っていて、手前の方には近所の人が勝手に持ち込んだ小さな石仏《せきぶつ》とか木彫りの仏像などが並んでいた。ほこらに首をつっこむと声がする、と新子も聞いたことがある。月に一度、お大姉様の日があり、その夜お大姉様にお参りに行くと、お菓子がもらえた。カリントウやせんべいの紙袋がお供えしてあって、それを係の人が少しずつ子供に分けてくれるのだ。

　ろうそくの火がゆらゆら揺れて、シゲルやタツヨシもその夜はおとなしく列をつくって待っていた。

「今度の台風22号は大きいぞ。雨は大したことないが風がすごいそうじゃ」

午前中で休校になり、家に帰ってみると小太郎は、萱《かや》で編んだ苫《とま》を、雨戸の外に立てて、縄で縛っているところだった。

「……こうしとくとな、雨戸が飛ばされんですむ。じゃが一番あぶないのは戸袋じゃ。戸袋は風をはらむから、たちまち剝《は》ぎ取られてしまうからの」

初江と長子は、畑から秋ナスとウリを取り込んでいた。

「新子も手伝いなさい。はい、このカゴで家の中に運んでね」

光子はエプロンのポケットを、まだ小さいナスでいっぱいにして、お手伝いしている。

台風が来ると、野菜がちぎれたり傷ついたりするので、風にやられる前に収穫してしまうのだ。

「まだこんなに小さいよ」

と光子のポケットから、五センチほどのナスをとりあげて言うと、

「いいのよ、辛子麴《からしこうじ》で漬けるんだから」

と長子が手をやすめずに言った。でもちょっとくやしそうな声だ。

新子も、ナスの辛子麴漬けは大好き。ラッキョウも梅もみんな家で漬けるけれど、家で作る漬物の中でナスが一番好きだった。甘くて少し酸っぱくてヒリヒリ辛くて、ごはんがもりもり食べられる。

「ほら、すぐそこまで台風が来てるのよ。朝顔の種も取っといて」

新子は、この台風で真先にやられそうな朝顔の竹垣に行って、カラの中で大きく真黒に太った種だけを手の平に取っていく。蔓《つる》も葉も、もうすっかり乾いて、吹きはじめた風にガサゴソと音をたてていた。

苫と格闘している小太郎が新子に言った。

「江戸時代はな新子、朝顔が日本中で人気があってな、何百種類もの花が咲いてたんだぞ」

「でも、赤いのと白いのと紫色のと、うちの朝顔は三つだけだね」

「うん。今の人間は誰も見たことがない面白い花のかたちの朝顔もあった。だから種は宝物だったんじゃ。見た目はどれも同じ種じゃけどな」

新子の手の平の種は、みんな同じ色で大きさも似ている。でも赤い花の種は赤い花を咲かすし、白いのは白い花になる。不思議だなあ。今の人間は誰も見たことがない朝顔の花って、どんなのかしら。

「どうして昔の朝顔、なくなってしまったの?」

「さあな。きっと育てるんがむつかしかったんじゃろう。おいしいものばっかり食べとる人間と同じで、たくましさが足らんかった」

ふうん、と新子は、島津貴伊子のことを考えた。貴伊子の家は、台風が来てもへっちゃらなのだろうか。ブロックでがっちりできているから、きっと苫を立てたりしなくていいのだ。畑もないから、ウリやナスを取りこまなくていい。

ちょっとだけ羨《うらや》ましいが、新子は本当のところ、台風が大好きなのだ。みんなが一所懸命で、何だかお祭りみたい。シゲルもタツヨシも、魚屋の八郎もきっと、家で手伝いをさせられているはず。でも貴伊子はあの応接間で、一人ぼっちなのだろう。

朝顔の種を取り終ると、枯れた朝顔の蔓を巻きつけた竹垣は、さあこれでもう、崩れてもいいのね、と安心している気がした。

「これで大丈夫じゃ。カスリンでもルースでも、どんと来いじゃ」

「なに？　カスリンとかルースとか」

「台風の名前。なぜじゃか、みんなアメリカのおなごの名前なんじゃ」

「どうしてアメリカの名前なの？」

「さあな。わしじゃったら、ムサシとかヤマトとかにするんじゃがな」

ふうん、でもムサシとかヤマトより、やっぱりカスリンやルースの方がいい、と新子は思った。

カタカナの台風だと、風がビュンビュン吹いても、英語でお喋《しゃべ》りしているように聞こえるかもしれない。

「お大姉様にお参りしてきていい？」

「いいが、早く帰るんだぞ」

細い道を通って、でこぼこ道に出るとき、右と左の田んぼの稲が海の波のようにうねるのが怖かった。波はお大姉様の方向めがけてざわっざわっと押し寄せる。そのたび、稲の伸びた葉は、根元の方まで折れ曲がる。波が去ると、またふうわりと立ち上がった。

新子はちょっと怖くなった。風で押さえつけられた稲が根元から折れたり倒れたりしたら、きっとうちの家も、何メートルも持ち上げられてどこかに運ばれるかもしれない！

やっぱりお大姉様に頼まなくっちゃ。

おばあちゃんの実家の隣の家みたいに、何かお告げがあるかもしれない。

風の波が稲を押さえつけるとき、細長い葉っぱが裏返ってひんやりと光った。白い波しぶきが、次から次に生れてどんどん流れていく。その勢いが早くなった気がして、新子は気が気ではない。

でこぼこの道を往還の方向に行くと、竹やぶの前にお地蔵様とお大姉様の二つのほこらが並んで立っている。竹やぶももう、そのうしろの黒い森ごと揺さぶられて、悲鳴をあげていた。

ほこらは小さな三角屋根がついていて、三角屋根の前に幕が垂れているが、その幕も激しく動いている。

新子は身を乗り出してお大姉様を見上げた。お大姉様は手で摑《つか》めそうな近さだ。木でできていて、色が塗られているけれど、顔はまだらに剝げ落ちて、手の先は虫に喰われてボロボロ。それでも目と口はちょっとだけ笑っている感じがした。

右側にヒマワリ、左側に赤いダリアが生けてあるけれど、両方枯れかかっていた。甘ったるいような腐った水の匂《にお》いがした。

「お大姉様ぁ」

新子は大きい声で言ってみた。お大姉様は女の仏さまなので、声をかけるのも気楽だ。

「……台風で、家を三メートルも動かさないで下さぁい。誰も死なないようにして下さぁい」

目を閉じて、じっと耳を澄ませてみたけれど、風がヒュル、ヒュルとほこらの板の壁を撫《な》でていくだけ。しん、と静かになって、すぐにヒュルルと大きく震える。

「……あのう、アメリカの名前の台風は、英語を喋るんですかぁ。なんで女の人の名前なんですかぁ。おばあちゃんのお里のお隣さんの家を三メートルも動かしたのは、アメリカのルースっていう女の台風なんだって……アメリカの女の人は、男の人より強いんですかぁ？」

お大姉様が何か答えてくれるかもしれない。目を閉じていると、風の音が三倍ぐらい大きく聞こえる。風が何か言っているんだけど、英語みたいで聞きとれない。

お大姉様も、英語を喋ってる！

「……英語喋らんで、日本語で言って下さぁい。英語はチンプンカンプンです。台風はタイフーンだっておかあさんが言いました。風はカゼーンで、新子はシンコーンで、小太郎おじいちゃんはコタローンで、お大姉様はオタイシサマーンで、ええと、ええと、タツヨシはタツヨシーンで、魚屋のリヤカーはリヤカーンで、八郎はハチローンで……」

ああ疲れる。英語は疲れる。

でも、風の音はタイフーン、カゼーン、シンコーン、コタローン……そんなふうに英語で喋っている。お大姉様の口から聞こえてくるのかな、と薄目を開けてみた。お大姉様が急に笑い出した。

きゃっ、と身が縮む。お大姉様が声を出して笑っている。

でも、男の声だ。あれ？　お大姉様って男の仏さまだったの？

「新子」

振り向くと大きな影。

「お父さぁん」

新子は影に向かって飛びついた。

「何をお祈りしてるのかと思ったら、わけのわからんことを言ってたな」

「お父さん！　お父さんは本物？」

「偽物《にせもの》のお父さんがいるのか？」

「お大姉様がお父さんに化けたかと思った。でもお父さんの匂いだから本物だ。どうして帰ってきたの？」

「……台風だからね」

「毎日台風だといいね。台風大好き！」

白い開襟《かいきん》シャツに紺色のズボンの青木東介は、重い重い、と言いながら新子を下ろした。

「あのね、台風で家が三メートルも動いたの。ルースっていうアメリカの台風。でもお大姉様のお告げで皆隣の家に逃げてたから、誰も死ななかったの。うちもだから、お告げを聞いてたの」

「それでお大姉様は、何だって？」

「ええとね、英語で喋ってた。チンプンカンプンだった。お父さん、ずっと家にいるの？」

「そうだな、台風がいるあいだはな」

「じゃあ、ずっと台風がいればいい」

新子は嬉《うれ》しくてたまらない。早く早くと東介の手を引っぱって家に向かう。

稲の波の向こうに、青木家が見えた。家はいまにも波に流されてしまいそう。家の横の畑で、まだ畑の野菜を取り込んでいる初江と長子の姿に向かって、新子は大声で叫んだ。

「お母さぁん」

でも風下からなので、二人には聞こえない。風が止《や》んだ瞬間にもう一度叫ぶと、長子が振り返った。

新子は手を振った。長子は東介を見てびっくりしている。初江も腰を伸ばして、目をこすっていた。

「お父さん、帰ってくるって言ってなかったから、お母さんもおばあちゃんも、びっくりしてる」

「……うん。急に家のことが気になって、研究室に鍵《かぎ》をかけてバスに乗ったんだ」

「何の研究？」

「クロレラ。緑色の小さな天使で、ピョンピョン動いてるぞ」

「ピョンピョン？　可愛《かわい》いの？」

「さあね、いつか自分の目でたしかめてごらん。顕微鏡を覗《のぞ》いてみればわかる」

「……うち、クロレラ大嫌い。台風は大好きだけど」

……でもそう言ったあと、新子のマイマイはざわっと奇妙な音をたてた。父さんが大好きなものを、大嫌いと言ったので、父さんが怒っていないか気になる。

「……大嫌いだけど、顕微鏡で見てみるね。でも顕微鏡ってどこにあるの？」

「今度、持って帰ってあげるよ。自分の目と手でたしかめたものしか、信じちゃダメだからね」

新子はクロレラのように跳ねながら家に帰った。玄関に入ってきた東介の、手やお腹《なか》やお尻《しり》を摑んだり撫でたりした。

「新子、何してるの？」

走ってきた長子が笑った。赤い顔をして、幸せそうだ。

「だって、お父さんが本物かどうかたしかめてるんだもん。自分の目と手でたしかめてるの」

東介は大笑いし、長子はきょとんとしている。光子が、わあっ、と声をあげて台所の方から駆けてきた。

その夜、台風がまっすぐ来て、ムチで叩《たた》かれるように雨戸が鳴った。ラジオを聞いている途中で、ラジオの声も天井からぶら下がって揺れている電灯も切れて、真暗になった。

怖かったけど、新子は嬉しかった。布団《ふとん》にもぐり込むと東介の声が聞こえてくる。起きていようと思っても、どんどん眠くなってしまった。

朝、目が覚めてみると、空がキラキラと光って、もう台風はどこにもいなかった。東介は新子が学校へ行くとき、一緒に家を出て、曲がり角で新子の頭を撫でると、バス停の方に歩いていった。

新子は思いきり石ころを蹴《け》って、走り出した。

朝礼のとき、台風が大あばれして、あちこちで五十人以上の人が死んだり行方不明になったと、校長先生が話した。

9　しんちゃんの三輪車はグニャグニャ

「秋になったら、広島に行ってくる」

初江は夏のあいだから、ずっと言い続けた。

「うちも行くぅ」

新子が言うと、光子まで、うちも行くぅと真似《まね》をした。そのたび長子は、ダメよ、原爆のお参りだから、と言った。

初江の一番下の弟のトシオは、広島の税務署に勤めていて、八月六日の朝、出かけようとして家を出たところで原爆でやられて死んだ。トシオの息子も死んだ。トシオの奥さんはたまたま広島にいなくて直撃を受けなかったが、その日のうちに広島に戻って夫と息子を探したので、原爆症にかかって、今も歯ぐきから血が出てしまうのだそうだ。

新子は何度も何度もその話を聞いていたし、ときどき初江が仏壇の前で泣いているのもこっそり見ていた。

初江の口ぐせは「トシオが生きていたら」と「不在地主で田んぼを取られなかったら」の二つだ。

たまに家に帰ってきた東介は、それを耳にするといつも嫌な顔をするし、母の長子はオロオロして新子に、「光子を連れて遊びに行きなさい」と言う。

だから新子は「原爆」が大嫌い。「不在地主」も大嫌い。あともうひとつ、大嫌いな言葉がある「特攻隊」。東介は戦争中、特攻隊だったのだった。特攻隊って何？と聞いても、大きくなればわかるから、とみんなが同じ返事をする。

今年の夏、広島に平和記念資料館ができたとラジオが言ったとき、初江は最初「今ごろになって」と怒ってラジオを切った。それからしばらくして、「秋になったら行く」と言い出した。夏休みのあいだは、「きっと見世物小屋みたいだから、行かない」と言うのだ。

新子は広島がどれくらい遠いのか、わからない。家から東の方を見ると、背の高い太平山《おおひらやま》がどっかりと立っていて、広島はその向こう側だということは知っているけれど、うんと遠いのか、ちょっとだけ遠いのかも見当がつかなかった。

東京とか大阪とか広島は、きっと太平山からのぼってくるお月さまより遠いんだ。

「だけどやっぱり、おばあちゃんと一緒に広島に行きたい」

新子はマイマイに力をこめ、思いきりピンと立てて言う。マイマイに力が入ると、両手もゲンコツになっている。光子もまた、ゲンコツをつくって、行きたい行きたい、と足を踏みならした。

「子供が行っても楽しいところじゃないよ。中学生になったら連れていったげる」

と長子は初江の顔色を見ながら言った。

「だって、原爆見たいもん」

光子も、見たいもん、と繰り返す。

太平山の向こう側に行けるだけで、嬉《うれ》しい。あの高い山の裏側を見てみたかった。

光子の足踏みが騒々しいので、奥の仏間から小太郎が出てきた。新子は小太郎にとびついて、広島に行きたぁい、と叫んだ。

「連れてってやればええ」

と小太郎が、ぼそっと力なく言った。小太郎はずっと騒ぎを聞いていたのだ。

「だっておじいちゃん……」

「見せといた方が、ええ」

小太郎のひとことで、新子と光子は広島に連れていってもらえることになった。初江一人の予定が、長子も一緒に行く。小太郎はお留守番。

「おじいちゃん、ありがとう」

新子と光子は、小太郎に抱きついた。小太郎はあまり嬉しくなさそうに、義眼を手の甲でこすっていた。

出発の朝、新子は五時に目がさめた。長子と初江はもう台所でお弁当を作っていた。ささげ豆のごはんのおにぎりと、白いおにぎりの外側にお味噌《みそ》を塗ったのとが半分ずつ。おかずは初江が作った奈良漬《ならづけ》とアジの干物《ひもの》と玉子焼。ゆでたクリとみかんも入れる。大きい水筒はお茶だが小さい水筒はお酒。トシオさんに供えるためだ。トシオさんはごはんよりお酒の方が好きだったそうだ。

「お酒よりもっと好きだったものも、あるのよぉ」

と初江が新子をからかうように言うと、長子が、おばあちゃん、と怒って言った。

「なに？　お酒より好きだったものって」

「いいのよ新子、大人の話なんだから」

と長子がつっぱねた。

「ねえ、なになに？　一番好きなもの持ってってってあげるんでしょ？」

「あのね、トシオさんは、女の人にいっぱいモテたのよ」

と初江が新子に耳打ちした。

「ふうん。でも、女の人は持って行けないね」

「お母さん、やめて下さい。新子、早く着替えて仏さまにお参りして」

「どうして仏さまにお参りするの」

「いいから、言うとおりにしなさい」

列車が駅を出ると、すぐに海が見えてきた。最初の駅が富海《とのみ》で、バスで海水浴に来たことがある。海に見とれていたので太平山の裏側を見ないまま行きすぎてしまったみたい。

「あ、太平山、太平山」

と、反対側の窓に走っていったけれど、小さな山が次々にやってきては流れてしまう。どの山も太平山ほど高くない気がしてがっかりだ。

富海から乗ってきた魚の行商のおばさんが、肩の荷物をどっかりと足元に置いたので、列車の中が急に魚くさくなった。

行商のおばさんは下松《くだまつ》で下り、かわりに平たい帽子をかぶって真ん丸なめがねをかけた男の人が乗ってきた。

長子をじろじろ見たり、笑いかけたりする。長子はもじもじして困った顔で窓の外を見ていた。

新子は思い切り足を遠くに放った。するとズックが脱げて、男の顔にあたった。

「あらあ、なんてことを……すみません」

長子と初江が同時に声をあげた。

新子はケンケンで男のところまでズックの片方を取りにいった。そして思い切り男を睨《にら》んだ。男はそれきり、長子を見ないで、新聞を広げていた。

男が岩国《いわくに》で下りると、皆がほっと大きい息を吐いた。初江が笑いながら威張って言った。

「あんたたちのお母さんはね、婦人倶楽部《ふじんくらぶ》の写真コンテストで賞金もらったんだからね」

「いくらもらったの？　ねえ、いくら？」

「いくらでもいいでしょ？　もう忘れたわ」

と長子。でもちょっと、嬉しそうだ。

「結婚してて新子も生れてたのに、結婚してないって嘘《うそ》ついて写真を送ったのよ」

とまた初江がバラした。

「うちも大きくなったら写真を送ってお金もらう」

「あんたは行儀が悪いからダメ」

と長子は鼻高々のまま言う。

「じゃ、わたしは？」

「光子は大丈夫。賞金いっぱいもらえるよ」

新子は猛烈に腹が立ってきた。写真コンテストなんか絶対に出ない。きっとマイマイがあるからダメなんだ。行儀は悪くないのに、マイマイのせいで悪い子に見えるんだわ。

新子は一人離れたところに座って、マイマイを爪《つめ》で掻《か》いた。広島に着くまで、皆が呼んでも知らん顔をしていた。

広島駅で下りてバスに乗った。家がたくさんある。どの家もギュウギュウ詰めだ。二階のある家が道路の両側に続いている。

新子の家の近所は、シゲルの家もヒトシやタツヨシの家も二階などない。町の真中のお店は、お店の奥に階段があって二階にあがるようになっている。クラスの友だちにタバコ屋の子供がいて、遊びに行くと階段をあがったり下りたりして叱《しか》られた。

二階の家がたくさんある広島は、すごい都会なんだ。それもみんな新しい。植木だってどれも電信柱の半分ぐらいの高さしかない。

「電信柱がいっぱいあるね」

「……戦争中トシオの家に来たときは、高い木がいっぱい繁《しげ》ってセミが煩《うるさ》く鳴いとった」

と初江が窓の外を見ながら言った。

川のそばでバスを下りた。そこは公園みたいになっていたけれど、やはり背の低い木が棒杭《ぼうくい》のように、ひょろひょろとあちこちに立っていて、何となくガランとしている。国衙《こくが》の史跡には大きな松が蛇のようにのたくっているし、桑の木や背の高い萱《かや》が森のように繁っているけれど、ヒョロヒョロと立っている木以外、植物は、はえていなかった。

「……十年もたったんだ。二十年は木も草も、育たんと言われたけど、ちゃんと木は伸びとるね」

と初江は不思議そうにヒョロヒョロ木を見ている。

広場に出た。ものすごく広い。遠くにカマボコみたいなものがある。近づいていくと中はガランとなっていて真中に四角い石が置かれていた。何か書いてある。

「や・す・ら・か・に……」

長子が読んだ。

「あのね。原爆で死んだ人に、生き残った人が書いたの。安らかに眠って下さいって。あやまちは繰り返さないからって。慰霊碑なのよ」

うん、と新子は頷《うなず》く。しかし新子のマイマイは、突然風車のように回転しはじめた。

「ねえ、あやまちって何？」

「だから、原爆のことよ」

「ねえ、誰が繰り返さないの？」

「誰がって、人間よ」

「日本人？」

「日本人もよ」

マイマイ風車は、少し静かになったが、やっぱり止まってくれない。どうしてもよくわからないのだ。

「あやまちって、誰があやまちしちゃったの？」

「黙って拝みなさい」

初江は小さな水筒からお酒を垂らし、長子と一緒に手を合わせる。光子も真似しているけれど、ときどき片目を開けて新子を見ていた。しかたなく新子も手を合わせた。

原爆を落としたのはアメリカだと初江が言っていた。

「……ねえ、アメリカがもう二度と原爆を落としませんって、謝ってるの?」

初江も長子も、返事をしてくれない。

黙ったまま歩きはじめた。八月にできあがったばかりの平和記念資料館というところに、向かっているのだ。

その建物は、新子が見たどの建物より立派だった。四角くて背も高い。

中に入ると、ガラスケースのようなものがたくさん並んでいて、写真もあちこちに貼《は》ってあった。

光子が走っていき、滑って転んだ。泣かないで立ち上がって、ガラスケースの中を見上げている。それから、バタバタとズックを鳴らして戻ってくると長子に抱きついた。

「おばけ」

「おばけじゃないのよ」

その前まで歩いていったとき、光子がおばけと言ったわけがわかった。竹の人形にぼろぼろの洋服が着せてあって、あちこち赤黒く汚れている。そんな洋服がいくつもいくつも。

ごはんが真黒い炭みたいになったお弁当箱もあった。

「このお弁当ね、竹やぶを耕して初めて収穫したお米だったんだって。それを食べないまま、原爆で焼かれちゃったのよ。あ、ほらほら、この三輪車、熱でグニャグニャになってる。しんちゃんがおうちの前で遊んでて被爆したんだって書いてある」

しんちゃん。うちと同じ名前だ。熱かっただろうな。

金属の仏さまが溶けて、泣いたような顔になってる。お地蔵さんの顔も爆風で半分吹きとんでいる。

「あ、時計」

とそれまで怖がって長子の手に摑まっていた光子がガラスケースに走っていく。

「八時十五分で止まってるでしょ？　原爆が落ちた時間に、全部の時計が止まっちゃったの」

説明してくれるのは長子だけで、初江の声がしない。新子が初江を見ると、ハンカチを目にあてたままじっとしていた。

「おばあちゃん」

「いいのよ、おばあちゃんはトシオさんのことを思い出してるんだから」

と長子が新子と光子の手を引っぱった。

「……おばあちゃんはトシオさんの遺体を探すために、何百人もの死んだ人の口を開けて歯を調べて歩いたんだって。前歯が欠けてたのを覚えてたからね。さっき通ってきた丸い丘みたいなところで何万人もの人を焼いたのよ。そばの川から引っぱり上げた死体だって、山のようにものすごい数だったんだって。でもとうとうトシオさんを見つけたの。石段の上で真黒になって死んでたの」

新子の咽《のど》は、ガラス玉を呑《の》みこんでしまったように、グリグリと固くなり、涙が流れそうになった。マイマイに手をやって引っぱると、涙が止まって急に腹が立ってきた。大声で叫び出したい気分。

どうしてどうして？

「……みんな戦争が悪いの。それにね、原爆が落ちて戦争が終ったから、父さんは死ななくてすんだのよ」

「じゃあ、トシオさんが死んだから父さんは死ななくてすんだの？」

「そういうわけじゃないけどね。でもちょっとは関係あるかもしれない」

やっぱり、どうしてどうして？

舟に乗って、宮島に着いて、遅いお弁当を広げたときも、新子は考え続けていた。マイマイを引っぱったり撫《な》でたりするけれど、すっきりしない。戦争が悪いって言うけど、原爆落としたのはアメリカだし、どうしてみんな、アメリカに文句を言わないんだろう。うちが大人だったら、タツヨシやシゲルやヒトシと決死隊つくって、死んだ人のカタキウチしてあげるのに！

石灯籠《いしどうろう》のところにシカが三匹もいた。そっと近づいていって、一緒に写真をとった。可愛《かわい》い大きな目のシカだった。

10　夕空晴れてジェームス・ディーン

放課後、かねての約束どおりジャングルジムの横の松の木の下に集合！　お昼休みのときから、新子はドキドキしていた。防空壕《ぼうくうごう》の探険のときも胸がぎゅっと縮んだけれど、あれ以上。貴伊子も真赤な顔で、ときどき息をハァーと長く吐いている。

「みんな十円持ってきたか？」

駅前の映画館の息子立川一平《たちかわいっぺい》は、新子たちの前に手を出した。鈴木タツヨシ、丸木シゲル、島津貴伊子そして新子の四人が、十円玉を一平の手の平に乗せた。

「よし！　急がんとキスシーンに間に合わん。走ろう」

一緒に走り出した。保健室の村上ひづる先生が窓から顔を出した。しかたなくみんなで手を振ったけれど、頭の中ではキスシーンがぐるぐる回っているだけ。

駅前の映画館には大きな看板がかかっていてジェームス・ディーンと髪の長い女の

人が抱き合っている。ジェームス・ディーンは眉《まゆ》を寄せて、ちょっと悲しそうな目をしていた。

駅前を通るたびに見上げた看板だし「エデンの東」という映画の名前も長子が言っていたので知っている。

だけど、東映の東千代之介《あずまちよのすけ》とか錦之助《きんのすけ》の映画は家族と一緒なら見てもいいのに、「エデンの東」は、見てもいい映画に入っていなかった。

きっとキスシーンのせいだ。

「こっち、こっち」

映画館の横の細い道を、ネズミのように小さくなって入っていくと、トタンの壁に狭い木の扉があった。一平は扉を開けて、早く早く、と四人を急がせた。

一列になって中へ入ると、そこは真暗。一平の声を追いかけて歩くしかない。

木の箱や円盤のような金属の入れ物が積み上げてある横をくぐり抜けると、広い場所に出た。大きな幕の上をたくさんの光が動きまわっている。足の下から英語の声がする。そこはスクリーンの裏側だった。

どこをどう動いたのか、一平のあとに続いていくと、客席の横に出た。みんなネズミの恰好《かっこう》のままなので、何も見えない。ちょっとだけ首を上げて見ると、ガランとしていて、お客さんは真中の方に四人か五人だけだった。

一平が、ここに座れ、と言ったのは隅っこの暗い席だった。十円だからしかたないよね。

「エデンの東」はとっくに始まっていて、若い男の人がどこまでも続く畑の真中で寝転んだり自分を抱きしめたりして大喜びしていた。

「あれな、豆畑だぞ。大豆で大儲《おおもう》けするけど、父親に嫌われるんだ」

とタツヨシが皆に教えた。五年のタツヨシは、全部の話を知っているのだ。

新子はただ、この男の人がジェームス・ディーンで、看板に描かれている俳優なんだ、と思った。笑っているのか泣いているのか、わからない顔だ。唇だって、いつもぶるぶる震えているみたい。何だか怖い。怖いけれど、ずっとその男の人ばかり見てしまう。やがてジェームス・ディーンはキャルという名前なんだとわかってきた。

タツヨシが言ったように、キャルはお金の入った紙の包みを父親に差し出した。お誕生日のプレゼント。でも父親は怒る。

「……この金は受け取れん！　私を喜ばせたかったら善人として一生を送れ！」

新子は必死で字幕を読んだ。

何のことかわからないけれど、キャルが可哀《かわい》そう。

新子はタツヨシの腕をつついた。

「……ねえ、お父さん、どうして怒ってるの？」

「アロンの方が好きなんだ。アロンはキャルの双子の兄さん」

「ふうん。キャルはせっかくお父さんにプレゼントしたのにぃ」

キャルが悲しんで家からとび出し、髪の長い女の人が追いかけてくる。

「あの女はアロンの恋人。でもジェームス・ディーンが好きなんだ」

新子はもう、キスシーンどころではない。

キャルが可哀そうでしかたない。お父さんを喜ばせようとプレゼントしたのに、どうしてやさしくしてあげないのだろう。

新子は光子のことを考えた。

光子の方が可愛《かわい》いし、みんなに大事にされるけど、一所懸命はたらいてお金をプレゼントしたら、お父さんもお母さんもおじいちゃんも、きっとうちを見直してくれる……やっぱりキャルのお父さんが悪い！

髪の長い女の人は、うちと同じ気持なんだわ。キャルにやさしくしてあげてる。

新子はほっとする。新子も髪の長い女の人みたいに、キャルを抱きしめてあげたくなった。

物語はどんどん進んでいってるけれど、タツヨシの説明も途切れてしまい、もうどうでもよくなった。ただ、いつまでもキャルを見ていたかった。

悪いお父さんが病院のベッドの上で死にそうだ。お父さんが何か言っている。キャルが耳を寄せた。キャルの目から涙がこぼれそう。そばで髪の長い女の人が泣いている。

ああ、お父さんもようやくキャルを好きになったんだ！　よかった！

「おい、早く、こっちこっち」

一平が迎えに来た。客席が明るくなる前に、スクリーンの裏側から外に出る約束だった。

スクリーンの裏を通るとき、英語がどんどん幕の上を流れて、きれいな音楽が聞こえた。ずっとそこで聞いていたかったけれど、一平が早く早くと言うので、ネズミになってこそこそと外に出た。

「キスシーン、見たか？　どきどきしたな」

タツヨシがニヤニヤして言った。シゲルも貴伊子も、うんうんと頷《うなず》いている。

でも新子は、そんなにはっきりと思い出せない。お父さんとキャルのことばかりが気になった。ジェームス・ディーンの泣きそうな顔ばかり浮かんでくる。

映画に出てた人はみんなアメリカ人なんだと思った。原爆を落としてトシオさんやトシオさんの息子を殺したアメリカ人なんだ。

でも、どの人も可哀そうだった。

何だかぼうっとしたまま、新子は家に帰ってきた。

「お姉ちゃん、また道草してきた。お姉ちゃんにムシクダシ飲ますって」

「このまえ、飲んだもん。大っきな回虫が出てきたもん」

「道草の虫が、お腹《なか》にいるって」

いつもの新子なら、何か言い返すのに、光子相手に言ってもしかたないという気持。知らん顔していると光子は図にのって、

「お姉ちゃんのお腹、虫だらけだって」

と嬉《うれ》しそうに跳ねまわって言う。

「光子、あんたには何《な》あんもわからんことが、いっぱいあるの。子供は何あんもわからんの」

「お姉ちゃんも子供でしょ」

「母さんは？」

「買物」

「おばあちゃんは？」

「畑」

じゃあ光子と二人だけだ。

「光子、ここに座って」

虫だらけ、虫だらけ、と言いながら、座布団《ざぶとん》の上にちょこんと座った。光子の膝《ひざ》は新子の膝と違ってモモのようにつるんとして傷がない。新子の膝はすり傷だらけ。

「あのね、アメリカにはね、すっごく広い畑があって、畑の畝《うね》が鉄道のレールみたいに遠くまで続いてるの」

「お姉ちゃん、アメリカまで道草してきた」

「映画。遠くまで畑があるの。どれくらい遠いかというと、太平山《おおひらやま》ぐらい」

光子がゴロンとうしろにひっくり返った。足をバタバタさせて、すごいすごい、と言う。

「ビルみたいに高い観覧車があって……でも、お父さんは最初双子のお兄さんだけが好きで、弟の方は嫌いだったんだけど、死ぬときは弟の方も好きになったの。可哀そうだった」

光子に話していると、モヤモヤした気持がすこしスッキリしてきた。

台風がアメリカの女の人の名前だって聞いたときはアメリカって面白そうでカッコイイと思ったし、広島に原爆を落としたのがアメリカだって言われると紅孔雀《べにくじゃく》のされこうべ党みたいな悪人たちに見えてきた。そして「エデンの東」を見た今、アメリカは……、ジェームス・ディーンみたいに泣きそうな顔をしている。

「光子もアメリカに行ってみたい」

座布団の上に頭を乗せて、足だけで時計の針みたいにぐるぐる回りながら光子が言う。

アメリカは太平山より広島より、もっと遠くて大きくて、やっぱりよくわからない。ベランダから小太郎が覗《のぞ》き込み、新子は帰っとったんか、と言った。

「うん」

「なんか元気ないのう」

「おじいちゃん、アメリカに行きたい？」

「アメリカは嫌いじゃ。アメリカ人はどこを見ちょるかわからん。青いような灰色みたいな目ばっかりじゃろう」

新子はちょっとだけ小太郎に言い返したくなった。でもジェームス・ディーンの目は、ちゃんとお父さんを見てたもん。

「……お姉ちゃんね、アメリカで道草してたの」

「ほう、アメリカ人はジープに乗っとったか？　声かけられても知らん顔しとくんだぞ」

おじいちゃんは、石の下や木の板に隠れている虫の名前は全部知ってるのに、アメリカのことは何も知らないんだ。あんな広い畑が全部大豆畑だってことも知らないんだ。

「ねえおじいちゃん、女の人とキスしたことある？」

小太郎は目をパチパチと開けたり閉じたりした。口も半分笑いかけたままとまっている。

それからゆっくりと頷いた。

「ははあ、町でアメリカの兵隊を見たんだな？」

「見てないよ。あ、見たけど、兵隊じゃなくて……見てないよ、やっぱり」

本当のことを言うと一平を裏切ってしまう。一平は親や先生に叱《しか》られる。

「……うちは、アメリカが好きになったり嫌いになったりカワイソウになったり、いろいろなの」

ぽかんとした小太郎と、まだ時計回りをやめない光子を残して、新子は千年の川に向かう。

夏休みのあいだは、何度も遊びに行き、メダカやシジミをとったけれど、二学期が始まってからは一度も行っていなかった。

藤蔓《ふじづる》のハンモックはまだちゃんと川の上にかかっているけれど、まわりの木の葉は黄色くなって半分ぐらい落ちてしまった。春には、緑色の壁に囲まれた秘密の場所だったのに、これでは川のそばを通りかかった大人たちにも気づかれてしまいそう。

ハンモックの上に乗せてあった戸板も、いまはどこかに行ってしまった。きっと台風で飛ばされたんだわ。

それでも新子は、ハンモックによじのぼり、川の真中に寝そべってみた。戸板がないと、藤蔓がごつごつして胸や膝が痛い。

ひっくり返って空を見ると、空まで葉っぱと同じに黄色く染まっていた。夕焼け空だ。

「エデンの東」の音楽を口ずさんでみた。ちょっとだけしか聞くことができなかったけれど、覚えていた。するとまた、ジェームス・ディーンの顔が浮かんできた。泣いているのと笑っているのが、一緒になった顔で、あんな人初めてだ、と新子は思う。

「やっぱりここに来とった！」

はね起きるとシゲルだった。シゲルだけがこの秘密の場所を知っているのだ。

「どうしてうちがここにいるの、わかった?」

「キスシーン見たから、きっとここだと思ったら、やっぱりじゃ」

なんでなんで?

キスシーンは全然関係ない。シゲルはまた、わけのわからないことを言う。

「あのね、うちは太平山の下まで続いてる畑が、ぜぇんぶ大豆畑だったら、どんな気持かなって考えてんの。キスシーンのことばっかり考えてるシゲルは不良じゃ」

シゲルはちょっとだけ、しょんぼり。いつもなら下から水をかけて悪口を言うのに、川の水を覗き込んでいる。

「ロマンチックじゃなあ」

「はん?」

「ヤクルト配ってる手島のお兄ちゃん、女の人と心中しようとしたんだぞ。知らんかったやろ。父ちゃんが、ロマンチックじゃやって」

「心中がロマンチックなの?」

「そりゃそうだ、そういうのはロマンチックって言うんだ。ジェームス・ディーンは死んだから、もっとロマンチックなんじゃ」

「死んでないよ。死んだのはお父さんだもん」

「新子は何も知らんのか。ジェームス・ディーンは死んだんだぞ」

「死んでないもん」

新子は泣きそうになる。こんな泣きそうな気持がロマンチックなのかな。

「ねえシゲル、心中ってなに？」

「心中ってのは……ジェームス・ディーンみたいに女の人とキスして、へんなことをするんだ」

ふう、と溜息《ためいき》が出た。

いつもヤクルトを自転車で運んできて、玄関の横の木の箱にカタカタと音をたてて入れる細長い腕の手島のお兄ちゃんが、心中で女の人とキスして、へんなことして、ロマンチックになっちゃったんだ。

黄色だった空が、いつのまにか赤くなっている。

11　千年の魔法はホントだった

国衙《こくが》の史跡公園の西側は桑畑になっている。そのそばをチョロチョロと細い流れが走っていた。板で塞《せ》きとめ、水溜《みずたま》りを作って、メダカやドジョウを閉じこめて遊んだ。

ダムだ、ダムだ。

でも、新子の足くびの深さしかないダム。

ヒトシが夏のお祭りで金魚すくいをやって、メダカと同じ大きさの赤と白が混ざった金魚を一ぴき、このダムに入れた。

学校の帰りに給食のパンの残りをやっていると、どんどん大きくなった。

おい、これは金魚なんか?

いや、赤いフナじゃ。

フナは赤くない。たぶんコイだぞ。尾っぽがヒラヒラしとらんし、コイだ。コイノボリにそっくりじゃ。

みんなが帰り道に、ここで道草をする。

水は塞きとめた板の下をくぐって流れる。

パンをやるとき、はだしでダムの中に入った。すると足の指が白くなり、パンと間違えるのか、赤い魚はときどき足の指をつついた。

暑いあいだは、水に入るのが楽しかったけれど、やがてどんどん冷たくなって、みんなダムの両側にうずくまって覗《のぞ》き込むようになった。

「大きくなったな」

「うん、やっぱりコイかな」

「このままじゃ、狭くなってカワイソウ」

新子の小指より小さかったのに、今は手の平の大きさにまで育ってしまった。塞きとめた板を外したら、桑の木の根っこに引っかかってしまいそう。

「どうする、このまま大きくなったら」

「ダムを大きくしよう」

皆の意見は一致した。

日曜日に、みんなスコップを持って集まってきた。夏休みのあいだ、ラジオ体操で一緒だった友だちが、ダム作りにやってきた。

六年生が一番大きくて、チビは光子。光子は赤い魚にびっくりだ。

シゲルがトンボとりのアミを持ってきた。赤い魚をすくって、水を入れたアルミの弁当箱へそうっと移した。赤い魚はたしかにコイノボリに似ている。

ダム工事が始まった。

小さなダムはどんどん深く大きくなっていく。下の方は黒っぽい粘土みたいな土が出てきたので、桑の木に絡《から》みついたエビヅルを引きはがして敷いた。

敷く前に、エビヅルの実をみんなで食べた。小さい粒のぶどうは、桑の実と同じように黒く熟れて甘い。

食べながら、どんどん水の底に敷いていくと、ダムの底がジャングルみたいになった。みんなエビヅルの実で、口のまわりも真黒になった。

「この魚、エビヅルの実、好きかな」

「パンを食べるから、きっとエビヅルも食べるよ」

実をつけた蔓《つる》も敷いた。

「桑の葉っぱで、布団《ふとん》も作ろう」

「魚は布団に寝ないぞ」

と六年生が言った。

「布団があった方が寒くないよね」

と新子は賛成した。エビヅルのあいだに桑の葉を押し込んで布団ができあがり。ダム工事のあいだは濁っていた水もすぐに澄んできて、ジャングルみたいなダムになった。

そこに、弁当箱の赤い魚を戻した。赤い魚はジャングルが怖いのか、じっとしたまま動かない。

「名前をつけた方がええ」

と江島ミツルが言った。ミツルも六年生。

タツヨシが、ちょっと照れくさそうに、

「そうじゃ、ひづるにしよう」

皆が、わっと笑った。保健室の村上ひづる先生は、学校で一番の美人なのだ。

「そうね、ひづるがいいね」

と貴伊子も言った。貴伊子の家は方向が違うけれど、ダム作りに来ていたのだ。

新子は赤い魚に言った。

「ほら、ひづる、お布団だよ」

指でつつくと、ひづるは桑の葉の下に逃げこんだ。

次の日、学校の帰りにひづるを見に行ってみると、桑の葉の布団の上にビー玉が三個乗っていた。

タツヨシかシゲルのしわざだろう。ビー玉は水の中に溶けてしまって、ビー玉の中の黄色や青の小さな炎が、光っていた。

二日後に行ってみると、グリコのおまけのターザンが、ビー玉と一緒に沈んでいる。

新子はワクワクした。そして、新子は小太郎の碁石の白を十個持ってきて、ビー玉とターザンと一緒に沈めた。

ひづるは、ビー玉やターザンや碁石で遊んでいるのかしら。

新子が覗き込むと、いつも葉の下に逃げていって呼んでも出てこなかった。

碁石はハマグリでできていて、小太郎が大事にしていた。見つからなければいい、と思っていたら、やっぱり見つかってしまった。小太郎はちゃんと数をかぞえていたのだ。

「どこに持っていったんだ。碁石は子供が遊ぶもんじゃあないぞ」

それで、ひづるのことがバレた。すぐに取ってきなさい。

新子が光子を連れて史跡公園のところまで行くと、ひづるがいるダムのまわりに子供たちが集まっていた。

「新子ちゃん、ひづるが死んでしまった」

　貴伊子が顔を真赤にして言った。シゲルもタツヨシもヒトシも来ている。なぜだか映画館の息子の一平もいる。一平は町の子供だからひづるのこともダムのことも知らないはずなのに、わざわざひづるを見に来たのだろう。

　ヒトシが、

「なんで死んだんかのぉ」

と腕を組んだ。

　ひづるはダムの水に横向きに浮かんで、ぐるぐる回っている。みんなはそれを見ているだけ。

「色もな、夕焼けより赤かったのにな」

　今は、お腹《なか》のところが白くふくらんで、背中の赤や白も、ぼんやりくすんでいた。

「尾ヒレが三角形に立っとるんは、特別の金魚じゃって、父ちゃんが言うとった」

とタツヨシが指で水をはねながら言う。一平はせっかく見に来たのに、つまらなさそうだ。半ズボンの膝《ひざ》こぞうを抱えて、ぐるぐる回るひづるを見ている。

　光子は桑の枝で、ひづるをつついて動かそうとした。

「そんなことやっても無駄じゃや、オレ、何度もやってみた」

とシゲル。

「お葬式しよう。お葬式しないと、天国に行けないよ」

と貴伊子が言うと、シゲルも頷《うなず》いた。

「うん、お兄ちゃんも葬式したから天国に行った」

「うちのお母さんも」

と貴伊子がぼそっと言う。

「貴伊子のお母さん、死んだんか？」

みんなが貴伊子を見た。新子は知っていたけど、ヒトシやタツヨシ、一平も初めて聞いたのだ。貴伊子が自分から話したのにはびっくりだ。

新子も、何か言わなくてはならない気がした。一度言わなくてはならない気がしてしまうと、もう止められなくなる。マイマイが、早く早くと急《せ》かすのだ。

「あのね、貴伊子が香水つけとるって、みんなでハヤしたことあったでしょう」

一平とシゲルが俯《うつむ》いた。二人とも大声でハヤしたのだった。

「……あれね、死んだお母さんの香水だったんよ。そうよね？」

と貴伊子に言うと、うん、としょんぼり。

「だから、ハヤした人は貴伊子に謝りなさい。貴伊子は可哀《かわい》そうな人だから」

「新子はハヤさんかったか？」

どきっとした。ハヤしたかもしれん。ごめんね、と貴伊子に言うと、一平もシゲルも、ごめんな、と言った。

「葬式はどこでする？」

「史跡の真中でやろう」

一番背の高いタツヨシが桑の葉でひづるの死体をすくい上げた。そしてみんなで、ビー玉や白い碁石やターザン、それからダムの底に沈んでいたドロップの缶も取り出した。

国衙の史跡公園は、ただだだっ広い地面があるだけで、小太郎の話では昔この場所に政治をする建物が立っていたのだそうだ。

発掘のときはいろんな物が出てきたけれど、今は埋め戻されて草っ原になっている。ただ、いつも新子たちが学校へ行くとき帰るときに通る通路のところだけに、石の碑や松の木がある。

草っ原の真中で葬式をすることになった。

ドロップの缶で土を掘って、桑の葉に乗せたひづるを入れた。それからターザンやビー玉を入れ、小太郎に叱《しか》られるので白い碁石を一個だけ入れて、みんなでナンマイダブを五回言った。

土をかけて、その上にドロップの缶を伏せて置いた。

「缶蹴《かんけ》りの缶と間違えるね」

間違えないように石を見つけてきて乗せると、ひづるのお墓ができ上がった。

新子は小太郎に、九個の碁石を返しながら、一個はひづるのお墓に入れたことを言った。

「でもおじいちゃん、なんでひづるは死んだんかなあ。ダムも大きくしたのに」

「……エビヅルの実を食べすぎたんじゃろう。じゃが、あそこで葬式したんは良かった。魔法の場所じゃから、もしかしたら生き返るかもしれん」

「生き返っても、水がないよ」

「魔法の場所じゃから、土の下には水がいっぱい流れとる。どっかの小川まで泳いで行くじゃろう。魔法の場所に埋めたら、魔法の魚になるから、今度は千年も生き続けるじゃろうな」

「千年も生きたら、ひづるはこの家ぐらいの大きさになるね」

新子は、すこしほっとした。シゲルの兄も貴伊子のお母さんも、あの魔法の場所に埋めてあげればよかったのに。

それからしばらくして、もうすぐ冬ってかんじの風が吹きはじめた。朝、顔を洗うとき、指の先でほっぺたのところだけを濡《ぬ》らしていると、だめよ、ちゃんと洗いなさい、と長子に叱られた。

だってつめたいもん。

ちゃんと洗わないと、額にツノが生えてくるよ。

新子は額までちゃんと洗った。マイマイだけでも大変なのにツノが生えてきたらどうしよう。ああ、つめたい。

この水も井戸水から電気で汲《く》み上げてるから、国衙の史跡公園の下を流れている魔法の水と同じかもしれない。

「新子、光子が石けんで遊んでるじゃない。ちゃんと面倒見てよ、お姉ちゃんなんだから」

光子はバケツの中で石けんを踏みつけて遊んでいる。ずるずるして面白いのだ。抱え上げて足を洗ってやろうとすると、思いきり頭を叩《たた》かれた。足洗ってるの！と怒っている。光子のゲンコツは痛い。

もう知らん！　と朝ごはんのところに行ったら、転びながら光子が追いかけてきて、お姉ちゃんがいじめた、と大声で言う。

「新子、いいかげんにしなさい。いくつ年が違うと思うのよ」

石ころを蹴りながら史跡公園のところまで来たとき、シゲルがうしろから走ってきた。

「あのな、びっくりしたぞ、うちの前の小川でひづるそっくりな赤い金魚が泳いどった」

「ほんと？　ねえ、ほんと？」

「石の壁があるところで、小川が曲がるだろ？」

「うん、直角に曲がる」

「あそこに、赤い魚がおったから、上から覗き込んだら、ひづるそっくりじゃった。死んだのにへんじゃなあ」

「今日、放課後、探しに行こう！　おじいちゃんは魔法で生き返るかもしれんて言うとったから、きっとひづるだよ」

放課後の「ひづる捜索隊」は十人にもなった。あの公園に埋めたら生き返る、コオロギもハツカネズミも生き返った、といろんな話が出てきた。

直角に曲がる川にたどりつくまで、皆でナンマイダ、ナンマイダと大声で言った。お地蔵様もお大姉様《たいしさま》もひづるも、みんなナンマイダだ。だんだん楽しい気分になって、ときどき切り株だけになった田んぼに入って、ナンマイダの足跡をつけてまわった。直角の川に着いたが、ひづるはいなかった。ひづるを探して川上に行き、川が分れているところから別の川に行き、ついに史跡公園の北側の蓮池《ハスダブ》にたどりついた。蓮の葉が枯れて、茎だけが池《ダブ》から突き出ている。池《ダブ》は深そうだ。

「ここにおるかもしれんな」

シゲルはもう、ひづる探しにあきて、蓮の茎でヒトシとチャンバラを始めてしまった。

「あ、赤いもんが見えた！」

新子が叫ぶと、シゲルもヒトシも走ってきた。どこじゃ？

「あっちの蓮の実がぽつんと立っとるところ」

「あ、何か赤いのが動いた！」

と今度は貴伊子。

ナンマイダ、ナンマイダ、ひづるは千年も生きる！　ナンマイダ。

「ほんまに魔法の場所じゃなあ」

そこからまっすぐ南に、史跡の石の碑が見えた。埋めたところからこの蓮池《ハスダブ》まで、ひづるは土の下を泳いで来たのだろう。

「魔法って、面白いのう」

タツヨシが呟《つぶや》いた。

その夜新子は、ひづるが生き返ったことを小太郎に言った。小太郎は腕組みして言った。

「あの池《ダブ》はな、千年昔、舟を造って浮かべたんじゃ。あの池《ダブ》から水路を通って、舟は海に出ていった。舟が海で沈みませんようにと、皆でお祈りした場所じゃから、魔法がかかっとってても不思議じゃないのぉ……」

12　カリフォルニアの女の人にゴツンとした

十二月に入ると、午後の空は急に暗くなり、夕焼けの橙色《だいだいいろ》もすぐに紺色と紫色の光で隠されてしまう。

穴のあいたズックからとび出した足の親指が、草の葉のつゆで濡《ぬ》れてつめたい。シゲルのズックもヒトシのズックも穴があいている。だからみんな缶蹴《かんけ》りするときは穴のあいていない左足で蹴る。それでも貴伊子のきれいなズックで蹴ったより、缶は遠くまで転がった。

史跡公園の前のお寺の境内が、新子たちの遊び場だが、少し暗くなってきて缶がお墓の方へ転がっていくと、ちょっと怖い。蹴られた鬼は、探しに行くのをやめて、もう帰る、と言う。

本当はもっと遊んでいたいのだけど……家に帰るとお風呂《ふろ》を沸かす手伝いが待っているし……ポンプで汲《く》み上げて五衛門《ごえもん》のお風呂をいっぱいにし、燃やし口から火吹き竹でフーフー。薪《まき》の下に枯葉や新聞紙を丸めて押し込み、火をつけて火吹き竹で吹くと、そのうち顔が真赤になってきて、灰が頭の上から降ってきて……でも夕方のお仕事だからしかたない。シゲルもヒトシも家がお百姓だから、夕ごはんの前にお風呂に入るのだ。

新子もお風呂を沸かす手伝いをしなくてはならないけど、立川一平の家は映画館なのでお風呂には夜遅く入るんだって。貴伊子の家も、ごはんのあとで入る。

走って帰ってくると長子と初江と小太郎が、座敷でひそひそ話していた。その中から光子がパッと走り出してきた。

「お姉ちゃん、タツヨシのお父さん、死んじゃった」

「ほんと?」

今日の缶蹴りに、タツヨシは来てなかった。

「あのね、タツヨシのお父さん、自殺したんだって」

光子も、大人たちと同じように眉《まゆ》をしかめて言う。

「なんで? だって、おまわりさんよ、タツヨシのお父さん」

山の横穴を探険したときも、タツヨシは決死隊の隊長で、お父さんの木刀を持ってきた。逃げて帰ってくるとき、木刀を穴の中に忘れてきてしまったけれど。

あの木刀は、タツヨシのお父さんが寝るとき、いつも枕元《まくらもと》に置いてるんだと言っていた。

初江が言った。

「暴力団と関係があったらしいよ。これからはタツヨシと遊ぶのやめなさいね」

「なんで暴力団と関係あったの？」

あの木刀で暴力団をやっつけたのかな？

「いろいろ誘惑があったんじゃろう」

と小太郎が言った。それから、誰にともなくぼそっと呟《つぶや》いた。

「……女より、まずバクチにつかまったんじゃろうな。ようある話じゃ。しかし、死ぬことはなかろうに」

長子が新子の手を引っぱったので、新子は膝《ひざ》をついて転びそうになる。

「あのね新子、港の方には行かんようにね。あの辺にはヤクザがいっぱいいるしキャバレーとか、おっかないお店もあるから、絶対に行っちゃダメよ」

「港のお店で、タツヨシのお父さん自殺したの？」

「詳しいことはわからん。だけど、おまわりとして具合悪いこと、しとったんじゃね」

と初江。

光子が長子の背中によじのぼりながら言う。

「自殺ってなに？」

「自分で死んじゃうの」

と新子は光子に説明した。でも、それ以上はよくわからない。タツヨシのことが心配になった。

「タツヨシのところへ行ってきてもいい？」

ダメ、と大きい声で言ったのは初江。小太郎も、

「今はそっとしとくんじゃ」

と言った。

あくる日、朝礼のとき五年生のところを探したけれど、タツヨシはいなかった。シゲルに聞いても、知らん、と首を振った。一平に聞いたところ、

「タツヨシの父親はウソツキの悪いおまわりだったんだ。死んでもしかたないと、父ちゃんが言ってた。アメリカには悪いおまわりがいっぱいいるんだぞ」

と言った。

町田ヒトシは五年生の別の友だちから、別の話を聞いてきて新子に言った。

「あのな、タツヨシの父親はな、港の裏にあるカリフォルニアっていうバーで首つっ

たんだって。カリフォルニアっていうバーの女の人がコレで、そのバーの二階がトバク場だったたって。借金がすごかったんだぞ」

「コレ？」

新子は真似《まね》して小指を立ててみた。

「悪い女に、真面目《まじめ》なおまわりがひっかかったと、母ちゃんは同情しとった」

「ふうん、じゃあ、悪いのはタツヨシのお父さんじゃなくて、カリフォルニアの人？」

「うん、髪が金髪だけど日本人だって。美人だって父ちゃんも言ってた。タツヨシと遊ぶなって言われた」

「うちも言われた」

でも何かおかしい。タツヨシは何も悪いことをしてないのに。

ずっとタツヨシのことが気にかかって、放課後探してみたけれど姿がない。中学生の八郎に道でばったり会ったので、タツヨシは？　と聞いてみた。一緒に山の横穴を探険したとき、八郎は魚屋のリヤカーを手伝っていた。秋になってからはおばさん一人でリヤカーを引いてくるので、八郎に会うのは久しぶりだ。

「タツヨシは、学校に行かんで大工になるって言うとったもんな」

何日かして新子はタツヨシの家に向かった。往還の向こう側の、市営住宅がタツヨシの家だ。同じ形の一軒家が道に沿ってずらりと並んでいる。

鈴木、鈴木、鈴木。ここだ。

入口の硝子《ガラス》の戸の上に、紙が貼《は》ってあって忌中と書いてある。葬式を出した家に貼る紙だ。

ガラスの戸を引くと、引っかかってなかなか開かない。力をこめるとギシギシ鳴った。

「ごめん下さあい。ここはタツヨシの家ですかぁ?」

返事がない。間違ってしまったみたい。

またギシギシと閉めようとしたとき、奥の方からタツヨシが出てきた。

「あ、タツヨシ」

タツヨシの右手には、あの木刀がぶらぶらしている。

「新子か、何しに来た?」

「お父さん、自殺したんだってぇ?」

「うん」

「悪いのはカリフォルニアの女の人で、美人なんだって?」

「うん」

「タツヨシ、大工になるの？」

「わからん。新子は何しに来た？」

「タツヨシが可哀《かわい》そうだから来た。カタキウチせんの？　決死隊やらんの？」

タツヨシはぼんやりと立っている。家の中にはタツヨシだけみたい。

「お母さんは？」

「……親戚《しんせき》に行って明日帰ってくる」

「今日は誰もおらんの？」

「うん」

「じゃ、今夜カタキウチに行こう。うち、タツヨシにいのち預けるから」

決死隊のときは、いのちを預けなくちゃならないのだ。

「ごはん食べてから来るね」

夕ごはんはニワトリと里イモの煮っころがしだった。新子はトリ肉と一緒に入っている小さな玉子の黄味が大嫌い。トリ一羽をつぶすとお腹《なか》から小さな玉子がたくさん出てくる。それをトリ肉と一緒に煮てあるので気持悪くて、お箸《はし》で一個一個取り出した。するといつも叱《しか》られた。栄養があるから食べなさい、と言われる。

でも今日は、目をつむって口に放りこむ。決死隊でカタキウチだから、良い子にしておかなくっちゃ。でも小さな玉子は、何かクサイ！　ニワトリのウンコみたいだ！

「あ、貴伊子にグリコの扇風機あげる約束してた。自転車で行ってきていい？」

「あしたにしたら？」

「だって約束したもん。まだ夜じゃないよ」

自転車をこぐと電気がつくけれど、電気がなくても道路は白いから大丈夫だった。

「渡したらすぐに帰ってくるのよ」

新子は自転車でとび出した。

貴伊子の家は社宅でそんなに遠くはないけどタツヨシの市営住宅はその向こう。港はもっと遠くだ。

タツヨシはゴマ塩にぎりめしを食べて新子を待っていた。

「早くう、タツヨシがこいで、うちがうしろに乗るから。木刀持った？」

港の端っこに自転車を置いて歩いた。タツヨシはあまり元気がなく、新子に引っぱられてついてくる。防空壕《ぼうくうごう》の決死隊のときとは大違い。ときどき立ち止まって海を見た。

海はたっぷたっぷと鳴っていて真暗。港の通りには倉庫が並んでいて、もうひとつの通りに入っていくと広くてネオンがたくさんある街がある。

ヤクザ映画の映画館や食堂や木の扉にお店の名前が書いてあって、シュロの鉢が何本も立っているバーとか、パチンコ屋とかが、ずらっと続いている。お昼間のように明るい。

長子がヤクザがいっぱいいると言ったけど、どれがヤクザだかわからない。女の人もたくさんいるし、お店の前で七輪をウチワで扇《あお》いでいる下駄ばきのおばさんもいる。おばさんのそばには猫が三匹。

ここまで来ちゃったんだから、カリフォルニアってお店探して、悪い人をやっつけるんだ。タツヨシのお父さんのカタキウチしなくっちゃ。

でも本当は怖い。ヤクザがいるかもしれない。新子が一軒一軒、ネオンを読んでいると、タツヨシはさっさと歩いていって、この店だ、と言った。

「父ちゃんがここの路地に入っていくのを見た」

一階はトタンの雨戸が閉めてあって、二階に赤いネオンで、カリフォルニアと書いてあった。

路地から入っていこうとすると、タツヨシは動かなくなった。新子はタツヨシから木刀を取り上げて、どんどん入っていく。久しぶりにマイマイがピンと立った。悪いヤツがこの二階にいるんだ。

「タツヨシ、おいで、山賊のおじさんが言ってたもん。怖いからってたしかめないでいると大人になってからも怖いままだって」

「怖いんじゃない」

「うちがやっつけてあげるもん」

狭い階段をあがっていこうとすると、上から鉄の音を響かせて三人の大人が下りてきた。新子は階段の下に立って胸を張った。男の人二人と女の人一人だ。女の人は髪にスカーフを巻いているので金髪の悪人なのかどうかわからない。

「おばさん！」

新子は大声で言った。女の人がびっくりして階段で尻《しり》もちをついた。

「ああびっくりした、子供じゃないの」

「おばさんがカリフォルニアの女の人ですか？」

「だれ？　あんた」

「おばさんは……」

「そうよ、カリフォルニアの女の人だけど……」

男二人が笑った。一人は背が低くて、一人は顔が大きい。

「おじさんたちはヤクザですか？」

笑い声が止まった。

「タツヨシ、おいで！　タツヨシがカタキウチに来ました。タツヨシのお父さんは、まじめなおまわりさんで、金髪の悪い女の人に引っかかって自殺したから、一緒にカタキウチに来たんです！」

三人の大人は、しんとなった。

「……あんたが鈴木さんの？」

と女の人がタツヨシを見た。タツヨシはうなだれている。木刀を渡すと、手から滑り落ちた。

「お・お・お、ちょい待ち、ちょい待ち。木刀で撲《なぐ》ると、ヤクザになるぞ。それでもいいのか？」

と背が低い男が言った。

「イヤです。タツヨシは大工になるんです」

黙ったままのタツヨシにかわって新子が言った。

「そやろ、そやろ。なら木刀やめて。この女の頭、ゲンコで一回撲れ」

女の人はスカーフをとって頭を突き出した。女の人は泣いていた。茶色いボサボサの髪だ。タツヨシが撲らないので、男の人がタツヨシの右手をゲンコにして握った。

「この野郎！」

男のかけ声で、ゴツンと音がした。女が、イタイ！　と悲鳴をあげた。その声を聞いてタツヨシは駆け出した。新子はどうしていいかわからなかったが、女の人の頭が目の前にあるので、ついでにゴツンと撲って走った。

「おいおい、おーい……木刀忘れとるぞ」

うしろから声をかけられて、新子が木刀を取りに戻ると、女の人は蹲《うずくま》ったまま泣いていた。

自転車のところに戻って、木刀を前のカゴに横から刺した。

海は来たときよりもっと暗くなっていたけれど、気分は浮きうきしている。自転車に乗ると、タツヨシはカゴとハンドルをぶらつかせて面白がった。

「よかったね、カタキウチしたね。女の人、可哀《かわい》そうだったけど、あんまり痛くなかったよ。ゴツンて音したけどね」

「あれ、ヤクザかな」

「ヤクザって、怖くないね。平気だったね」

「でもヒヤヒヤした」

「うちもヒヤヒヤした。港町って面白いね。ネオンがキレイで道路もお昼間みたいに明るかった。もう一回カタキウチに行こうか」

タツヨシと別れて新子が家に帰ってくると、門のところに小太郎と長子が、ヤクザの十倍ぐらい怖い顔で立っていた。

13　タツヨシは港町を見ていた

今日はクリスマスイブで、東介が帰ってくる。新子が走って学校から戻ってくると、光子が玄関先で何か振り回していた。

ああ、またあの木刀だ。

あの木刀は、真中のところにお経のような字が書いてあるので、遠くからでもすぐわかった。タツヨシのお父さんの木刀。

光子はチャンバラとカラテチョップが好きで、長いものを見つけると、力もないのにエイヤッと言ってあっちこっちを打ちつける。防空壕《ぼうくうごう》探険の翌日、傷痍《しょうい》軍人のおじさんが、タツヨシが忘れてきた木刀を持ってきてくれたけれど、あのときも光子は大喜びで振り回していた。

「光子、やめなさい」

新子が怒ると、面白がって切りつけてきた。でも重いので、持ち上げては地面に落としているだけ。光子の顔は真赤で、汗までかいている。

「オメン、オメン」

「その刀、どうしたの？」

「さっき持ってきた」

「誰が？」

「タツヨシ。今日大阪に行くって」

「タツヨシが来たの？」

うん、と光子は頷《うなず》いた。

「大阪に何しに行くって？」

「もう帰ってこないから、これあげるって」

とまた木刀を持ち上げようとする。

新子は自転車をこいだ。あんなに大事にしてたお父さんの木刀を、うちにくれたタツヨシ。大阪に行ったら、もう二度と会えない。

おまわりのお父さんが自殺したので、タツヨシは皆と遊ばなくなったし、学校にも来なくなった。でも、こっそり二人で港町に行って、カリフォルニアの女の人にカタキウチしてきたばかり。

タツヨシ。あの夜はあとでおじいちゃんにこっぴどく叱《しか》られて、仏壇の前で正座三十分の罰だったけど、でも、ホントはすごく楽しかったよ。タツヨシとまた、港町に行きたいと思ってたのに。

市営住宅のタツヨシの家に着いた。戸を開けようとしても動かない。ドンドンと叩《たた》いてみた。

隣の市営住宅から、背中に赤ん坊をおんぶしたおばさんが出てきた。

「鈴木さんのところは、引越ししたよ」

「いつ?」

「ついさっき。お母さんとタツヨシ君、大阪の親戚《しんせき》の家に行くんだって。特急に乗るって言ってたよ。タツヨシ君のお友だち?」

「うん、そう」

「おばさんも、今朝知ったの。急に決めたんだって」

「駅に行ったの?」

「うん。でももう間に合わないよ」

シゲルとヒトシが走ってきた。シゲルの坊主頭《ぼうずあたま》から湯気が立っている。

「タツヨシがどっかへ行って帰ってこないって、光子が言ったけど、ホントか?」

新子が必死で自転車をこいで行くのを、シゲルとヒトシが遠くから見ていたのだ。

「大阪に行くんだって。急に決ったんだって。もう駅に行っちゃった」

おばさんが、ぐずりはじめた赤ん坊を下ろしながら言った。

「駅に行っても間に合わないけど、あそこの踏切りで待ってたら、もうすぐ特急が通るかもしれんよ」

新子は自転車に乗り、二人は走った。

市営住宅からまっすぐ一本の道が鉄道のレールと交叉《こうさ》していて、もっとまっすぐ行くと海岸に出る。海岸の手前で右の方へ行くと、港や港町がある。

踏切りに着いて振り向くと、市営住宅が見えた。線路の上に立ってみた。白く光るレールが続いていて、遠いところは曲がっている。

特急、もう行っちゃったのかなぁ。

線路の上は、道路と違う匂《にお》いがする。錆《さ》びた包丁と油がいっしょになった、へんな匂いだ。

「行っちゃったのかなぁ」

「タツヨシと遊べばよかったなぁ」

とヒトシが言った。

「探険隊の決死隊のときは、一緒だったよね」

と新子は夏のころを思い出した。

そのとき急に踏切りの信号がカンカンカンカン鳴りはじめ、遮断機が下りてきた。

三人は大急ぎで線路から出た。でも海側だった。

新子のマイマイが、アンテナみたいにタツヨシからの声を摑《つか》まえた。そっち側じゃない、とタツヨシの声。

「あっち側に行こう。タツヨシはきっとあっち側を見るはずよ。だって家が見えるのあっちだから」

三人は遮断機の下をくぐって、市営住宅の方へ走った。怖かったけど大丈夫だった。

でもまた、新子のマイマイはタツヨシの声を聞いた。港町の方、海の方！　だって新子と港町でカタキウチしたんだから！

どうしよう、どうしよう。

でももう危ない。列車に轢《ひ》かれる。

そのまま待ったけど、列車はなかなか来ない。信号だけが大きな音で鳴っている。

新子はとび出した。

「新子、危ない！」

二人は大声で叫んだ。でも怖いからついてこない。

「どっちかわからん！　うちはこっちにする！」

「でも家はこっちだぞ！」

シュボシュボと列車の音が大きくなった。遮断機にぶら下がるようにして覗《のぞ》いてみると、黒くて丸い列車がどんどん近づいてきた。湯気と煙が立ちこめ、機関車はあっという間に踏切りを越えて、行ってしまう。新子は列車の窓のところを一所懸命に見た。駅を出たばかりだから、そんなにスピードはないけれど、窓は次々に流れていく。

ひとつ……ふたつ……みっつ……

あ、ああ！　タツヨシ！

新子は手を振った。タツヨシも手を上げた。

手を上げたまま、タツヨシは消えた。列車も行ってしまった。

煙たいような、へんな匂い。目がチカチカする……。

遮断機があがると、そのむこうにシゲルとヒトシが、ぼんやり立っていた。

タツヨシはたしかに新子を見た。タツヨシは手を上げた。でもそのことを、シゲルとヒトシには言えない。新子があっち側、と言ったから二人はタツヨシの家がある方に走ったのだ。何だかタツヨシを一人占めしてしまったようで、二人に悪い気がした。

「やっぱりタツヨシは、おらんかったな」

「うん、あの列車じゃないかもしれん」

「前の特急かもしれんな」

「もし乗っとったら、自分の家を見るよな」

新子は線路の真中に立って、もう見えなくなった列車の方を見た。線路の両側は、踏切りのところだけ草が刈り取られているけれど、月見草がびっしり生えている。もう枯れているものもあるけれど、ちょっとだけ花が咲いているのもある。枯れてしまったコスモスも、ざわざわ揺れていた。立っていると、急に寒くなってきた。

帰ろう、とシゲルが言った。

「うちは自転車だからあとから帰る。先に帰っていいよ」

自転車で市営住宅まで来ると、さっきのおばさんはまだ家の前にいて、物干《ものほ》し竿《ざお》から洗濯物を取り込んでいた。

「タツヨシにさよならした?」

うん、と新子は小さい声で言った。

「よかったね」

景色が暗くなってくる。空はまだ青いけれど、家や電信柱や看板や道の草が、紺色にかじかんで見える。

タツヨシに会えてよかった。でも、どうしてタツヨシは、自分の家の方を見ないで、海や港町がある方の窓を見ていたのだろう。

マイマイさん、ありがとう。おかげでタツヨシにさよならができたけれど、でもやっぱり、不思議なの。うちがタツヨシだったら、きっと自分の家を見たいと思うけどね。

新子の胸は、寒さでシクシクする。タツヨシに会って聞いてみたい。何か言いたいけど、何が言いたいのかわからなかった。

でももう、タツヨシには会えないのだ。

港町の「カリフォルニア」にカタキウチに行った帰り、二人は楽しくなって自転車のハンドルをクネクネさせて面白がった。あの夜のことを、タツヨシは思い出していたのかな。

新子は自転車を道幅いっぱいにクネクネさせてみた。タツヨシと一緒に乗っているような気がしてきた。

家に帰りついて自転車を置くと、うしろから目隠しされた。

「あ、父さん」

匂いでわかる。

手が離れたので振り向くと、東介は自分の手の平と新子の顔を見較《みくら》べてへんな顔をしている。

「新子、その黒いススみたいなものは何だ」

「スス？」

「煙突掃除でもしてきたのか？」

へんだな、サンタさんは煙突から入ってくるけど。

「あ」

「どうした」

「踏切りに行った……特急が通ったよ」

「顔を洗っておいで。ああその前に、ちょっと来なさい」

新子は座敷に連れていかれた。東介がカバンから取り出した小さな細長いガラスを、頬っぺたに押し当てられた。

「何するの？　このガラス」

「いいから、顔を洗っておいで。鼻の中もだよ」

クリスマスの夕ごはんは、ささげ豆の入ったお赤飯と日の丸の旗が立ったコロッケ。

水玉子をたくさん買ってきて作ったケーキの上に、ローソクが立っている。水玉子はちゃんと玉子になりそこねて、皮がぷよぷよした玉子のこと。近所の養鶏所でお鍋《なべ》いっぱい買ってきてもすごく安い。ケーキを作るときとか、おせち料理で玉子焼を作るときは、いつも水玉子をどっさり買ってくる。新子は水玉子を手の平に乗せて、やわらかな皮の中で黄味があっちこっち動くのが大好きだった。

赤玉ポートワインで乾杯した。新子も一番小さなグラスにちょっとだけ入れてもらった。光子はお水。

コロッケは美味《おい》しかったけれど、ケーキはちょっと固かった。端のところがカリカリする。上に乗っているチョコレートだけを舐《な》めたら、初江に叱《しか》られた。

座布団《ざぶとん》が盛り上がっている。

その下にクリスマスプレゼントが入ってるのを新子は知っている。ケーキを食べているあいだも気になってしかたない。

ようやく座布団が取り除かれて、二つの箱が出てきた。どきどきする。

「こっちが新子で、こっちが光子」

光子のプレゼントは平たい箱だ。光子はもう、目の色を変えて紙をべりべりと裂きはじめている。

木琴が出てきた。喜んでカエルのように跳ねたあと、思いきりメチャクチャに叩《たた》きはじめた。

ああ、何てへんなものをプレゼントしたんだろう。きっと木刀を振り回すように、毎日ガンガン叩くに決ってる！

仏壇の前の木魚を叩く棒だって、光子は折ってしまったのに。

新子のプレゼントは、タテ長い四角い箱に入っていた。そろそろと開けてみた。何か重たいものが入っている。箱から引っぱり出して、がっかりした。

「なに？　これ」

「顕微鏡だ。古いけれど、まだちゃんと見えるぞ。こうやってな、接眼レンズをカポッと入れる。それから下の方にも、レンズを取りつける。上のレンズの倍率と下のレンズの倍率を掛けたら、全体の倍率になるんだ。下の鏡が光を反射して、見たいものを明るくしてくれる。自分で取りつけてごらん」

新子がしょんぼりしているのも構わず、東介はレンズを全部外して新子にやらせた。

そんなの簡単だけど、こんな古い機械好きじゃない。木琴の方がまだマシだ。

「さっき新子のほっぺたにくっついてたススがここに乗ってる。見てみてごらん」

細長いガラスの上にもう一枚薄いガラスが乗っていて、そのあいだにススが挟んであるらしい。でも、ガラスは透明に見える。

新子は顕微鏡を覗きこんだ。

「あれえ！　なんかヘンなもんがあるぅ！」

「見せてぇ、見せてぇ」

と木琴を放り出して光子が背中に乗ってきた。

「だめだめ、あれえ！　すごくヘンな恰好《かっこう》！　まあるいのも四角いのも……でもまあるいのが多いよ……灰色みたいで……涙みたいな恰好のもある……きれい！」

「薄く切れるものだったら、何でも乗せて見ると面白いよ。いつかクロレラも見せてあげるから、自分の目でたしかめなさい」

その夜新子は、いろんなことを考えて眠れなかった。タツヨシは夜行列車でゴトゴト走ってるだろう。踏切りで見たタツヨシの顔と枯れかかった月見草。

あのときほっぺたにくっついたススは、黒くて汚いのに、顕微鏡の中では灰色できれいだった。丸いけれどお尻《しり》の方が尖《とが》った、涙みたいなのもあった。

月見草を顕微鏡で見たら、何色に見えるのかな。マイマイの毛も顕微鏡で見えるのかな。ピンと立ってるマイマイと、ふんわりやさしいマイマイとでは、違うのかもしれない。

よし！　冬休みのあいだに、全部見ちゃおう。近所の犬や猫も、とっつかまえてきて調べる！　もしシゲルの鼻クソが、うちの鼻クソよりきれいだったらどうしよう……。

心配になってまた目が覚めた。

14　大晦日《おおみそか》に寄り道しちゃったの

青木家の大晦日は朝から大変だ。

東介も帰ってきていて、家の中をウロウロ。小太郎も朝から薄い髪の毛を撫《な》でつけ、義眼も洗って、着替えもすませている。

元小作の人たちが年末の挨拶《あいさつ》に来るからだ。

足袋もいつもの黒いのから白いものにはきかえ、ドテラ姿からウールの着物へ。お正月用の黒い羽織は、タンスの奥から引っぱり出してあって、衣紋《えもん》掛《か》けに吊《つ》るされている。

新子と光子にも用事が言いつけられていた。新子は庭を掃き、自転車を拭《ふ》き、新家《しんや》に南天の木を届ける。新家は小太郎の弟の家で、小太郎の家の南天の木をお正月の生《い》け花《ばな》用にあげるのだ。

夕方までに全部すませてしまわなくっちゃ。夜はラジオで紅白歌合戦を聞くんだもん。

「お掃除、終りましたぁ。自転車も、終りましたぁ」

光子は塗り物のお膳《ぜん》を拭くのを手伝っているけれど、途中で放り出して、終りましたぁ、と新子の真似《まね》をする。

「新子、新家に南天持ってく前に、お膳拭くの手伝ってぇ」

流しの前でお鍋《なべ》に盛り上がるほどの里芋をむいている長子が言う。

「どうしてぇ？　うち、庭の掃除と自転車やったもん」

「お姉ちゃんなんだから、光子を手伝うの、あたりまえでしょう？」

光子が意気揚々と、

「手伝うの、あたりまえでしょう？」

と長子の真似をするので、新子の鼻はふくらみ、マイマイはひくっと立ち上がる。

「うちはお姉ちゃんになりたくない。うちは妹の方がいい！」

「なに馬鹿《ばか》なこと言ってるの、早くしなさい。みんな手が放せないんだから」

初江はコンニャクをちぎってるけど、小太郎は新聞を読んでいるし、東介は庭に出て背伸びなんかしている。

「うち、おじいちゃんの新聞、手伝う」

がった。

「うちも手伝う」

と光子まで座敷の小太郎のところへ走った。そしてこたつに足をつっこんで寝ころ
「ちょっとあんたたち！」

長子が包丁持ったままとんできた。

「こたつの中には甘酒が入ってるのよ。蹴《け》っちゃダメよ」

こわごわ覗《のぞ》くと、豆タンアンカの横に新聞紙でぐるぐる巻きにしたお鍋が置いてある。

「おい、めくるな、寒いぞ」

小太郎は片方の目だけを、大きな虫めがねにくっつけるようにして新聞を読んでいる。

甘酒はおかゆとコウジを混ぜてお鍋に入れ、ひと晩このまま温めておくと、明日の朝は、とろとろに甘くなっているのだ。

小太郎が虫めがねを顔にあてたまま新子を見た。

「きゃあ、おじいちゃん、目ん玉が虫めがねからはみ出してるぅ！」

小太郎は面白がって、虫めがねを左の義眼にあてた。

「うわぁ、虫めがねで見ると、おじいちゃんの目ん玉、本物みたい！」

本当はスプーンの先みたいな石でできている。

「……ねえ、何読んでるの？」

「わしも長生きしてしもうたなぁと考えとったんだ。今年の平均寿命は男が六十四で女が六十八じゃそうな。それよりだいぶ越えてしもうた」

小太郎はまた、虫めがねごと自分の顔を新聞に押しつけた。

「……ピョンヤン放送によると……在日朝鮮人の問題を解決するために、北朝鮮の外務大臣が訪日代表団を派遣したいと言うとるみたいじゃな」

「北朝鮮の人が日本に来るの？」

「まだわからん」

「キン・シンゲンさんが来るかもしれんね」

「さあな。生きとるかどうかじゃな」

北朝鮮のキン・シンゲンさんは、青木家にとって謎《なぞ》の人物。戦争前に小太郎は朝鮮半島や中国や台湾から来た留学生を下宿させたり、親代りになって大学に行かせたりしていた。その中の一人が北朝鮮に帰っていったきり連絡がとだえてしまったキン・シンゲンさんで、小太郎はいつも、そうだ。

「あの男が一番の秀才じゃった」

と言った。頭が良くて礼儀正しくて、食事のときも絶対に膝《ひざ》をくずさなかったんだ

「……出世すれば国を代表する大物になるじゃろうが、己の意見をはっきり言うやつじゃったから、もう死んじょるかもしれん」

さあ新子には、わけがわからなくなる。国を代表する大物になるか、死んでしまってるか、どっちかのキン・シンゲンさん。

キン・シンゲンさんの名前が出ると、初江も長子も頼りない顔になって、溜息《ためいき》などついてしまう。

「きっと生きてるよ」

と新子はマイマイを引っぱりながら言ってみる。

「そうだといいけどな。日本語はペラペラで、誰も真似できんほどの達筆……正義感に燃えとった……」

「アトム大使みたい」

ヒトシやシゲルが読んでいた「少年」を新子もときどき読んでいた。そして空を飛ぶアトム大使が大好きになった。

「どこの人だ？　そいつは」

と小太郎は新子に聞く。

「漫画。空を飛べるの。どこにでも行けるし、すごい力持ち」

漫画か、と小太郎は立ち上がると、花バサミを持って南天の木を切りに行った。

ああ、まだお仕事が残っていたんだ。

南天をくるくると新聞紙に巻くと、小太郎は新子に言った。

「これを新家に届けておくれ。今年もお世話になりました。来年もよろしくって言うんだぞ」

新子は走った。もう四時だ。夜になったら紅白歌合戦だ。早く新家に届けなくっちゃ。

新家は国衙《こくが》の史跡公園を過ぎて、一つ目の通りを往還の方へ行ったところにある。新子になつかない犬がいるのでちょっと怖い。アトム大使だったら、ジェットを噴射してあっという間に着くのにね。

走っていると足がかじかんできた。

史跡公園の手前に緑色の藻がいっぱい浮かんでいる池がある。その横で八郎と見知らぬ中学生が焚火《たきび》にあたっていた。

池の横の空地には、家を壊した木切れが積み上げてある。朝鮮の人が住んでたけど、病気になってどこかに行ってしまったと初江が言っていた。ヤギとネコを飼ってたのに、それも一緒に消えてしまったんだそうだ。

「八郎ぉ！　なんで焚火なんかしてるの？」

「あ、新子、これからフナを焼くんだ」

足が冷たいから、ちょっとだけ寄っていこうっと。

八郎と一緒の中学生は、火のそばにしゃがみこんで、細い木の先に短いタバコを刺して吸っていた。頭は丸坊主《まるぼうず》、顔は四角くて目が引っこんでいる。タコみたいな顔だ。

タバコを口のところに持ってきて、目のところをしかめて吸う。そしてふうっと気が抜けたような顔になった。

「八郎、この人だれ？」

「吉沢勝男《よしざわかつお》。オレのクラスに入ってきたの。今、オレのうちに泊ってる」

勝男は、そんなことどうでもいいよ、と面倒くさそうな目で、新子を見た。

「吉沢勝男？　あんた不良？」

勝男は笑う。頬っぺたが引きつれたような、変な笑い方だ。

「タバコすうからか？」

「うん」

「中学生はみんな吸ってるぞ」

勝男の手の爪《つめ》は黒く、短パンから出た足もカサカサに乾いている。寒さなんか平気みたいだ。

八郎の家はリヤカーを引いてくる魚屋で、リヤカーのおばさんは八郎の母親ではない。八郎の父親は戦争で死んだので、父親の姉さんに引きとられた。勝男もリヤカーのおばさんの親戚《しんせき》の子だろうか。

「……フナ、どこにもいないよ」

「これから釣るんだ、あははは」

池に釣《つ》り竿《ざお》が一本のびていた。

「あしたは、お正月よ」

二人はまたゲラゲラ笑った。一緒に防空壕《ぼうくうごう》探険したときの八郎とは違う。あのときは決死隊の隊長だったのに、何かへんだ。

「リヤカーのおばさんは?」

「まだ仕事。頼まれた魚、届けて回ってる」

二人の足元を見るとジュースのビンとプラスチックのコップがある。ビンの中身は白く濁った水が入ってる。

「なにこれ」

へんな匂《にお》いだ。あれ？　お酒だ。よく見ると二人とも赤い顔をしていた。

「八郎も不良だ、お酒のんでるもん」

「寒いから焚火してるだけだ。ハラも減ったしフナでも焼こうか……」

「バカバカ、八郎の大バカ。池にはまって死んじまえ」

史跡公園の松の上が、赤く染まっている。寒いので耳たぶがキーンとこわばってしまった。

「うち、南天の木を新家に届けるの。お酒のんだら警察に摑《つか》まるんよ。それでもいいの？」

二人は笑い続けている。

新子は振り向かずに走った。

何だかさみしくて涙が出そう。タツヨシが大阪に行ってしまい、八郎も遠くへ行ってしまったような気分。

新家に行くと、小太郎の弟の奥さんが待っていた。新子は小太郎に言われたとおりのご挨拶。

「はい、ごくろうさま。これが来ないと、お正月のお花が生けられなかったの。新子ちゃん、これ、おじいちゃんにあげてね。来年もよろしくってね」

白い紙が巻いてある四合入りのお酒のビンだ。

帰り道、八郎と吉沢勝男は、まだ焚火にあたっていた。焚火の火が大きくなっている。

「おおい……新子ぉ！」

「うちは不良なんかキライだもーん！」

道路の真中から叫び返した。

「フナが釣れたぞぉ！」

「本当？」

新子はまた寄り道して焚火のところへ来た。新子の手の平より小さいフナが、割《わ》り箸《ばし》に刺して火のそばに立ててあった。

本当に釣れたんだ。こんな汚い池にも魚がいたんだ。

そのとき勝男のお腹《なか》がぐりぐりっと鳴った。すると真似《まね》するように八郎のお腹も鳴った。

「二人共、お腹すいてるの？　おばさんごはん作ってくれないの？」

「バカだな新子は。あっちこっちに頼まれごとがあるんだ。お得意さんの手伝いもある。だから俺たちはフナ焼いて食べるんだ……あれっ、新子がいいもん持ってる」

「あ、これおじいちゃんに新家から……」

「お酒だぞ。透明なお酒だぞ」

「見せろ、ちょっとだけ見せろ」

と勝男が新子の腕から奪い取った。

「ダメダメ、これはおじいちゃんの……」

八郎も勝男もすっかり乱暴者になっていて、新子の言うことなんか聞いてくれない。

「ちょっとだけ飲んで、黙ってフタしとけばわからん。一センチなら大丈夫じゃ」

お酒のビンはひったくられたまま空高く持ち上げられ、新子の手が届かないところでフタが開けられた。勝男はそのフタにお酒を入れて飲んでいる。うまい、と言ってまた飲んだ。一センチだけだぞ、と言いながら八郎も飲んだ。

新子は泣きながらカエルみたいに跳んだ。それでもおじいちゃんのお酒には届かない。

あ、と三人が声をあげたとき、ビンは勝男の手から滑って火の中に転がった。ビンの上に火の粉と灰が舞い上がった。

あああ……

立ててあったフナも火の中に落ちてしまった。

新子は泣きながら走る。お大姉様《たいしさま》のところで立ちどまって大声で泣いた。気がつくと田んぼの向こうにシゲルが立っていた。それを見た新子の泣き声はもっと大きくなった。

シゲルが走ってきた。

「どうしたんか」

「八郎と勝男が……八郎と勝男が……」

しゃっくりが出て止まらない。お酒のことをようやく言ったとき、シゲルは勝男のことを知っていると言った。

「あのな、勝男はお父さんもお母さんも空襲で死んで施設に入っとったのを、魚屋のおばさんが遠い親戚じゃからって頼まれて引き取ったんだって。何度も施設から逃げ出した不良らしいぞ」

「八郎もお父さん死んじゃったって」

「この次は広島の感化院送りだって。感化院は両手を背中で縛られて自分の首に結びつけられるんだぞ。あばれたら自分で首しめて死んじまうんだ」

「勝男なんて死ねばいい！」

しゃっくりは止まらないけど、涙はもう出なかった。

家に帰ると、皆がいっせいに新子を見た。マイマイまでぐしょぐしょだ。

「どうしたの新子、ケガしたの？」

新子は口をへの字に結んで首を横に振る。

「何か言いなさい。新家へは行ったのね？」

「……お酒もらった」

「そのお酒どうしたの？」

また涙が出てきた。声もわっととび出した。

それでも新子は、勝男たちのことが話せない。

うちが話したら、きっと感化院送りになって死んでしまうんだ。

「そんなに頑固なら、ごはんも紅白も諦《あきら》めなさい！　自分が割ってしまった、ごめんなさいと言うまで、うちの子じゃありませんからね」

新子は風呂場《ふろば》に蹲《うずくま》って膝を抱えた。マイマイを引っぱっても、マイマイは助けてくれない。東介が顔を覗《のぞ》かせた。

「新子、紅白が始まるぞ。謝って出ておいで！」

「いや！　うちは悪くない！」

「じゃあ勝手にしろ」

新子は八郎と勝男が、もうごはんを食べただろうかと考えた。お父さんがいない八郎と勝男が、感化院送りになって死んでしまうかもしれないのだ。絶対に二人のことは言うもんか。お腹がぐうっと鳴って、マイマイがぶるぶる震えた。

アトム大使、助けて下さあい！

15　シゲルは将来、自転車屋になるのかなあ

大晦日《おおみそか》の日に、八郎と勝男の焚火《たきび》に寄り道したばっかりに、新家《しんや》からもらったお酒を火の中に落としてしまった。

楽しみにしていた紅白歌合戦も、風呂場で小太郎が持ってきてくれたおにぎりを食べながら、毛布にくるまって聞かなくてはならなかった。みんなはこたつに入って、みかんを食べながら楽しんでいた。小太郎が戸をちょっとだけ開けてくれたので、島倉千代子の「この世の花」はちゃんと歌詞が聞こえた。

……赤く咲く花、青い花……この世に咲ぁく花、数々あれど……涙に濡《ぬ》れて、つぼみのままに……

涙、という歌詞のところで、涙が出てきた。強情はらないでいいかげんにしなさい。こっちに出てきてごはん食べなさい。

そう言われても、一度イヤダと言った以上、風呂場から出ていけない。二枚の毛布

にくるまってるうち、眠たくなってきた。

リヤカーのおばさんはちゃんと仕事を終えて、八郎と勝男のところに帰ってきたのかしら。ちゃんと大晦日の夕ごはん食べて、ラジオを聞いてるのかしら。

目が覚めてみると、お座敷に寝かされていた。お正月の朝だ！　台所の方で、初江と長子の声が聞こえる。

綿入れを着て襖《ふすま》をちょっとだけ開けてみると、お化粧した長子が真白い割烹着《かっぽうぎ》を着て、音をたてないようにお仕事中。新子を見て手招きした。そうっと行ってみると、キントンを指ですくって、口に入れてくれた。

「まだ早いからね、もうちょっと寝てなさい」

新子は座敷に戻って、東介の布団《ふとん》にもぐりこんだ。

お正月の朝、最初の仕事は光子に言いつけられた。

「庭の井戸の水を神さまと仏さまにあげてきなさい」

光子は素直に、ニッと笑って神棚と仏壇から下ろされた白い陶器のコップを持って庭に走る。

家の中の水は井戸からモーターで汲《く》み上げるけれど、庭の井戸にはポンプがついていて、長い柄を上げたり下げたりすると、ポンプの口から冷たい水が出てくる。

同じ井戸水なのに、お正月の朝は井戸から直接汲み上げなくてはならない。

「光子、迎え水、迎え水」

と長子がボウルに入れた水を持って追いかけてきた。

井戸には丸いトタンで蓋《ふた》がしてあるが、それを持ち上げて覗《のぞ》き込んでみると、うんと遠くに丸くて白い空と水があって、その空と水に向かって二本のパイプがまっすぐ下りていっていた。一本は台所やお風呂用、もう一本はお庭に水を撒《ま》くためのポンプ。

その長いパイプを、迎えのお水が下りていって、井戸水を連れてあがってくる。

光子がポンプの柄をシュポシュポ動かしているところに、ポンプの上からボウルの水を入れると、シュポシュポの音が変って重たくなった。

「光子、がんばって」

光子が顔を真赤にしてポンプの柄を動かしていると、ポンプの口から突然、水が流れ出した。

それを二つの陶器のコップに入れて、光子は意気揚々と家の中へ。

若水を汲むのは、一番若い自分の仕事だと光子も知っているので、得意満面。

神棚と仏壇に小太郎が供えた。

ひと仕事終えた光子は、赤くつめたくなった指を長子に揉《も》んでもらいながら、甘えている。

みんなが着替えてお座敷に座った。

床の間には日の出の掛け軸とお正月用のお花、そしてお重《かさ》ねのモチ。お花は南天の下に万年青《おもと》の緑の葉と赤い実。

お屠蘇《とそ》の小さな盃《さかずき》の一番上から順に、小太郎、東介、初江が取って長子が注いだ。新子も光子も、早く早くという気持。

お屠蘇はお正月だけしか飲めない。甘くていくらでも飲めそうだ。

新子に一番小さな盃が回ってきた。

「光子は子供だから、一番小さいのがいいね」

と光子に回そうとすると、光子は、

「大きいの」

と言う。そしてさっさと一番大きな盃を摑《つか》んでいる。

新子も中位の盃に変えた。でも、長子が注いでくれたお酒は、ほんのちょっとだ。

「おかわり」

と光子が盃を差し出した。すると長子は笑いながら、またちょっとだけ注いだ。光子はそれを舐《な》めている。

どうして光子は、妹は、こんなふうにできるんだろう。したいようにしても叱《しか》られないなんて不公平。やっぱり妹に生れてきた方が得なんだ。

おせち料理は野菜の煮物がたくさん。それからエソの身で作った肉だんごとタコ。こんぶの煮物は水に漬けてやわらかくなったヒモみたいなのに、たくさんの結び目を作って、ハサミで切った。新子も手伝った。

「新子が作った結び目は、ほら、ゆるくて煮たらほどけちゃったよ。新子が自分で食べなさい」

しかたなく、お雑煮に乗っけて食べた。お雑煮にはエビとほうれん草が入っている。

お昼前にシゲルとシゲルの父親丸木勢造《せいぞう》がやってきた。

シゲルの祖父はいつも裏口からゾウリや地下足袋を脱いで入ってくるけど、勢造は玄関から入ってくる。勢造は大男なので、玄関が急に狭くなった。

「あら、シゲル君も一緒に？　どうぞあがって下さい」

長子に言われて、二人は座敷にあがった。勢造は、これを新子ちゃんに、と言って紙の箱から取り出したのは自転車の空気入れだ。

「今度、自転車屋を開くことにしましたんで、その御挨拶《ごあいさつ》がてらと思いまして」

「自転車屋？」

「はい、往還のところの田を半分売って、自転車やスクーターを売ることにしました。原付自転車やスクーターの時代ですから」

「ほう、それはまた思い切ったことで」

と小太郎が笑顔を見せる。でも小太郎の笑顔の目は、ちょっとだけ怖い。

長子がお屠蘇を勧めると、勢造は体を小さくして飲んだ。

「往還沿いの田を買った人は、誰かな？」

「森田製材所の森田さんが買って下さいまして、あそこに家を建てるそうです」

「地上《じあ》げしてですか？」

と初江が身を乗り出した。

「ええ、田んぼのままじゃ惜しい土地じゃということで、土を入れるそうです」

「……………」

「もう戦後じゃない、ちゅうことで、頭を切り替えんとと思いましてね。このシゲルの将来のためにも、ふんぎりつけました」

シゲルは大きな父親のうしろで、かしこまっている。しぶしぶ連れて来られたのだ。一人で遊びに来るときは、足を投げ出したり寝そべったりしているのに、元旦《がんたん》なのでそうもいかない。

新子の家族は、小太郎も東介も初江も長子も、黙りこんでいる。勢造一人が元気よかった。

「シゲル、そしたらシゲルは将来、自転車屋になるの？」

新子が聞くと、シゲルは初めて笑顔になった。

「うん、父ちゃんが百姓はさせないって」

勢造が頭を掻《か》きながら言った。

「いやあ、うちのオヤジは反対で、農地解放でせっかく田んぼをもらったんだから、百姓を続けると言うんです。しかしこれからは、商売の時代じゃと思うんです」

小太郎も東介も黙ったままだが、初江と長子は、うんうんと頷《うなず》いている。長子は急に、駅前の食堂が大はやりで、いつも客がいっぱいだという話をした。

「そうなんです。料理も家で作るんじゃなく、外食の時代です。このあたりでも、食堂がどんどん増えていくんじゃないですか。やっぱり、目の前を現金が通り過ぎていく商売は、強いですからね。時代に合わせるしかない」

小太郎が何か言いかけて、左目の義眼をしょぼつかせている。

「……しかしあの往還の四枚田《よんまいだ》は、水を引くために大変な苦労をした田じゃからのぉ……」

勢造が話している田んぼは、戦争前青木家のものだった。水田として高低をなくすために、足にクサリをつけた囚人たちが毎日、鋤《すき》や鍬《くわ》で働いたのだと、小太郎が言っていた。その四枚田が、丸木の家の所有になったとき、小太郎はがっかりして喘息《ぜんそく》になったのだそうだ。

「それでまあ、こうして御報告をと……」

「御苦労さまでした」

と長子が言う。

「……それに、こんな結構な物、すみませんね」

と空気入れを手に持っている。

シゲルが新子を見て言った。

「きのう、新子が泣いて可哀《かわい》そうじゃったから、空気入れをやるとオレが言うたんだぞ」

「うん、うれしい」

自転車の空気が抜けると、いつもシゲルの空気入れを借りに行っていた。

それまで黙っていた東介が、シゲルに声をかけた。

「きのう新子が泣いてて可哀そうだったというのは、どうしてなの?」

「吉沢勝男と八郎が焚火《たきび》して酔っぱらって……新子が持ってたお酒を、火の中に落としたんだ」

ああ、シゲルのバカ。勝男が感化院に送られて死んでしまうと言ったのはシゲルなのに。

「二人は酔っぱらってたのか？」

「新子が知っとる。オレは見とらんけど」

「そうだったのか……どうもありがとう」

シゲルと父親が帰っていったあと、小太郎は風邪も引いていないのに咳込《せきこ》んで、熱いお茶を飲んだ。

「何が商売の時代じゃ。外食の時代じゃ」

咳込みながら言った。

初江も長子も黙っている。

小太郎はくやしいのだ。新子はいつもおじいちゃんの味方。

「そうよね、何が商売の時代じゃ！」

と真似《まね》して言ってみた。

でも外食というのは魅力的だ。新子はいつも長子や初江が作ったものばかり食べているし、お正月のおせちだって、畑でとれた野菜の他は行商の人がリヤカーや自転車で運んできた乾物や魚ばかり。外食って、どんなもの食べるのだろう。

「田んぼを手放して、いまに後悔するぞ……」

でも新子は、シゲルが自転車屋になるのはうれしかった。新しい自転車に囲まれたシゲルも、きっと楽しいだろうなと思う。

「新子、こっち来なさい。顕微鏡の使い方は慣れたんだろう？」

「うん。おじいちゃんの髭《ひげ》もおばあちゃんの髪も見た。真黒だった。へんだね、白いのに」

本当は鼻クソも焼いた魚の皮も、みんな黒かったのだ。

「そんなものじゃなくて、床の間の万年青の葉を見てみよう」

東介は花バサミを持ってくると、長子の目の前で左手前にはみ出した幅の広い葉をチョキンと切った。

「あああ」

皆が声をあげた。東介はその声が聞こえないみたいで、窓の光のところで葉を裏返して見ている。生け花はへんな恰好《かっこう》になったけれど、東介にはどうでもいいのだ。

「新子、洗面所から安全カミソリ持ってきなさい」

さっさと本箱の部屋に行くと、顕微鏡を箱から出した。

接眼レンズと対物レンズがはめ込まれる。東介は万年青の葉の裏側を、カミソリで薄く薄く切り取った。何度も、ダメダメこれじゃあ、とか言いながら取り直し、ようやくガラスの上に乗せると上からまたガラスを乗せ、

「ようし、プレパラートのできあがり」

と溜息《ためいき》をついた。

お父さんの息、お酒くさい！

でもいやじゃなかった。

覗きこんだまま右側のネジを回していたけれど、よおし、と声が出た。

「覗いてごらん。今度のは真黒じゃないよ」

本当だった。うす緑色の細長くて丸いものがいくつも見える。みんな同じ大きさだ。

「バイキン？」

「万年青の気孔だ。葉の裏側にたくさんあって、植物もこの口で呼吸してるんだ」

「ふうん、きれい……」

「いいかげんな気持で見たら真黒でも、丁寧に薄く切り取って見たら、大抵のものはキレイだよ」

本当だ。目を放したくない。吸い込まれていきそうだ。

「……吉沢勝男君と八郎君のことは、二人が怖かったから黙ってたの？　それとも新子が黙っていようと決めたの？　どっちだ」

「……自分で決めたの」

「だったらそれでいい。おじいちゃんも、シゲル君のお父さんも、みんないろんなことで迷ってるんだ。ほんとはこれからどうなるかが、不安なんだよ。父さんは迷うことがあったら、顕微鏡を覗くことにしている。どんなに小さくても、顕微鏡で見えるものは本物で、百年経《た》っても変らないんだからね」

「うちは目を閉じて、マイマイに聞いてみる。うちのマイマイ、顕微鏡で見えるかなぁ」

東介が新子のマイマイを引っぱって笑った。照れくさかった。

光子がとびこんできた。

「お父さぁん、モチまきで初詣《はつもう》での人が百人も死んじゃったって……ラジオが言ってるよ……」

「どこの話だ？」

長子が顔を出した。

「新潟県の弥彦《やひこ》神社で、二百人近い人が将棋倒しですって……元旦早々にねえ……」

16　竹林《ちくりん》の七賢人《しちけんじん》がお祝いに行ったのに

シゲルの家の棟上げの日は雪だった。

朝、学校へ行く前に往還のところの敷地へ行ってみると、コンクリートの土台があるだけで、縄で囲ってあった。

土曜なので給食がない。

「オレ、モチまきするから、帰る」

シゲルは新子を置いて走り出した。

「待ってよ、うちも行く。モチまきに行く」

新子も走った。ふかふかのおモチが降ってくるのかな。お腹《なか》がすいて、雪がおモチに見えてきた。

口を開けると、灰色の雪が次々に飛び込んでくる。

朝はコンクリートの土台だけだったのに、柱が何本も立って、横に渡された梁《はり》の上で、大工の人たちが動いていた。

まだ柱だけでスカスカだけど、新子の家よりずっと大きそうだ。

シゲルは二階もあるのだと言った。だったら階段もあるのだろう。

新子は階段に憧《あこが》れていたので、羨《うらや》しかった。広島に行ったとき、二階家をたくさん見てきたけれど、どの家にも階段があると思うと、うっとりしてしまった。

島津貴伊子の社宅にも、階段があった。とんとん、と下りたりあがったり、手すりのところを滑ったりするのは、きっと楽しいに違いない。

高いなあ。広島で見た家みたいに、往還の家はみんな二階家になるのかなあ。

シゲルの家の隣にも、もうすぐ自転車屋が建つ。昔は高い低いがあった田んぼを、苦労して平らな田んぼにしたのだと小太郎が言った。それで立派な田んぼになったのだそうだ。その田んぼが無くなっていく。

往還は荷馬車が走りやすくて、農作業も楽だった。でも今は、往還ぞいの田んぼの半分くらいに家が建っている。文房具屋も雑貨屋もバス停もある。田んぼもあちこちに残っているけれど、稲の切り株だけに雪が積って、土のところは溶けて、寒いから早く家を建てて下さぁい、と言ってる気がした。

近所の子供が集まってきた。

ヒトシも学校から帰りにまっすぐ来たのだ。ランドセルをガタガタ言わせながら走り回っている。江島ミツルの顔もある。ヒトシの弟と妹、シゲルのいとこで、ときどきシゲルの家に泊りに来るヤマちゃんやタケちゃんもいる。ヤマちゃんは幼稚園でタケちゃんは保育園、二人とも別の町に住んでいるけど、棟上げだから来ているのだろう。うしろの方に八郎と不良の勝男もいた。

大人も集まっている。ミツルのお母さんは背中に赤ん坊を背負っている。

モチまき、早く早く！

でもなかなか始まらない。

「みなさん、すまんのぉ、もうちょっと待っててな」

シゲルの父勢造が声をかけた。

大工の人たちが梁から下りた。

自転車に乗ってきた神主さんが、いそいそと紅白の幕の中へ入っていく。

「おおお、寒いですのぉ」

新子も知ってる神主さん。若いころ作曲家になりたくて東京に行ったけど、戦争になったので帰ってきたのだそうだ。袴《はかま》の裾《すそ》をひもでくくって、冠《かんむり》を自転車のカゴに入れて、いつも前屈《まえかが》みになって自転車をこいでいる。

シゲルは幕の中に入れてもらえず、往還の歩道でいとこたちとふざけている。すぐに紅白の幕が取り除かれて、待っている大人たちにカゴが回された。湯呑《ゆの》みが何十個も入っていて、みんな一つずつ取る。ヒトシも一つ取ると、子供はダメ、と言われて取り返された。

エプロンをしたシゲルのお母さんが、やかんを持ってきた。大人たちの湯呑みにやかんからお酒が注《そそ》がれると、湯気と一緒にお酒の匂《にお》いがぱっと広がった。ちょっとだけ雪がやんだみたい。

シゲルと父親の勢造と大工の人が梯子《はしご》をのぼって梁に上がった。板が敷いてあって神棚みたいなものが置かれてある。

「んじゃこれより、モチまきいたします。皆々さん、よろしゅうおねがいします」

モチが降ってきた。赤と白の小モチが、頭にあたったり肩にあたったり。

足元に転がったのを次々に拾った。

新子が顔を上げると、マイマイにコツンとあたった。

あいた！

シゲルがニヤニヤ笑っている。

落ちた小モチを拾って顔を上げると、今度は額にコツン。

「シゲルゥ！　痛いよぉ！」

怒って睨《にら》むと、またコツンと来た。シゲルはゲラゲラ笑う。新子は拾った小モチの中から、土で汚れたのを取り出して、シゲルに投げ返した。でもシゲルは高いところにいるので届かない。新子の投げたモチはミツルが拾った。ちり紙に包んだ小銭も降ってくる。大人たちも大急ぎで拾った。

「ありがとうござんした。皆々さま、ふるまい受けて下さりませ」

それからまた、やかんのお酒が湯呑みに注がれていく。

いつのまにか雪はすっかりやんでいた。風もないので、ほっぺたと手と足が熱くなってきた。足の小指のしもやけも、かゆくなった。

マイマイが痛い。手の中の小モチは六個。それから小銭が二個。

新子のマイマイから、ムラムラと湯気がたちのぼるかんじ。大声出したい。

梯子から下りてきたシゲルに、小モチの一個を投げつけた。

「さっきのカタキ！」

シゲルは、それを拾って新子に投げ返した。

「こらこら、やめなさい」

とミツルの母親が言った。

「シゲルがうちの頭に投げつけたの！」

シゲルとプロレスしてひっぱたきたかった。必死でシゲルを睨みつけていると、勢造がシゲルの襟首を摑《つか》んで新子の前に連れてきた。

「こらシゲル、謝れ。嬢ちゃんに謝れ！」

シゲルは嫌がってジタバタあばれている。すると勢造は、ゲンコでシゲルの頭を撲《なぐ》った。

「大きな家を建てようちゅうのに、ちっぽけな心のまんまでどうするんか！　おまえのための家だぞ、このバカ！」

そしてまたゲンコでゴツン。

シゲルは泣き出しそうで、大人たちがまあまあ、と言って勢造のゲンコを摑んだ。

新子はシゲルが可哀《かわい》そうになった。いつものケンカと同じなのに、勢造もまわりの大人たちも、深刻な顔をしていた。

往還から新子の家への道を、石を蹴《け》りながら帰った。道路の土が乾いているので、石は遠くまで転がった。

お大姉様《たいしさま》のところで振り向くと、シゲルが追いかけてくる。真赤な顔だ。白い息を馬のように吐いている。

「……さっきはごめんな。これやるから」

と重ねモチを新子の手の平に置いた。梁の上に飾られていたものだ。

「じいちゃんが持っていけって、くれた。新子のじいちゃんにって」

「ふうん。ゲンコで撲られたの痛かった？」

「うん」

「シゲルのお父さん、怖いね」

「自由には責任が必要なんだ」

「……？」

よくわからないけど、ゲンコで撲られたのは、きっとそのせいだ。自由って小モチのことで、責任はゲンコ。シゲルは小モチをぶつけたから、ゲンコで撲られた。これでおあいこって意味なのかな。

家に帰ると、小太郎はこたつでゴロ寝していた。

「おじいちゃん、シゲルの家の棟上げでおモチを拾ってきたよ。それから、シゲルのおじいさんが、この大きいおもちをくれた。おじいちゃんにって」

小太郎の左目の義眼のまぶたが、ぴくりとした。でも返事がない。

「新子、おじいちゃんを起こさないで。おにぎり食べる？」

「うん……小モチ六つ拾ったけど、ひとつシゲルにぶつけたから五つ。お金が二つ」

ちり紙の中から五円玉が出てきた。

「なんだ、十円玉だと思ったのに」

小太郎の左眼が、ぴくぴくと痙攣《けいれん》した。

長子が言った。

「新子、五円玉は、御縁がありますように、っていうおまじないだから、五円玉なの。なんだ、なんて言ってはダメ」

長子に叱《しか》られても、新子は怖くない。シゲルのお父さんのようにゲンコが来ることもないし。

でも、小太郎が黙って目をつむったままなのは、何だか落着かなかった。

おにぎりと里芋のお味噌汁《みそしる》を食べているあいだも、小太郎は口をへの字にしたまま動かなかった。

初江が手を拭《ふ》きながら帰ってきて、重ねたおもちと小もちと五円玉と小太郎を見較《みくら》べて、あらら、と言った。それから小太郎の顎鬚《あごひげ》を引っぱって言った。

「おじいちゃん、死んだ真似《まね》してると本当に死にますよ。新子が丸木の家の棟上げで……」

「耳はある！　ちゃんと聞いとる！」

ごろんと背を向けながら言った。

「……新子」

「うん？」

「なんでモチなんか拾った！」

「だってシゲルが、棟上げでモチまきするって言ったの。でもシゲルは小モチをうちにぶつけて、お父さんにゲンコで撲られた。ぶつけたのが自由でゲンコが責任で、おあいこになったけど」

初江と長子が、新子の顔を覗《のぞ》きこんだ。新子はマイマイを押さえた。何だかマイマイがむずがゆい。足の小指のしもやけと同じほどかゆくなった。

「あのね、シゲルの家が建つところは昔おじいちゃんがね……」

長子が言うと、小太郎はひょいと起き上がって、

「余計なことは言わんでいい」

と怒鳴った。

「うち、知ってるもん、農地解放は知ってるもん」

「何が自由で責任なんだ？」

「それが……よくわからんけど……シゲルのお父さんがシゲルをゲンコで撲ったとき言ったの。シゲルが悪いことをしたから、ゲンコで撲られてもしかたないの」

「自由自由などと、子供の前でけしからん。羽織を出しなさい」

「おじいちゃん……」

「昔から小作の祝い事には、ちゃんと出ていったもんだ。吉村の末娘の嫁入りんときは、田を一枚やった。丸木のじいさんの妹が嫁いだときも……」

「そんな話、戦前の、ずっと昔のことじゃないですか」

「大島の羽織だ」

「あれはもうほどいて、私の帯にしました」

と初江が五つの小モチをお手玉のように座布団《ざぶとん》の上に転がしながら言った。

「じゃあ、何でもいいから着るものを出せ」

「本当に行くんですか？　行かないって言うから、祝い酒は買ってませんよ。田んぼ一枚持って行くんですか？」

「ええいもう、何も頼まん。顔だけ出して祝いを言うてくる」

新子は心配になった。

「おじいちゃん、棟上げはもう終ったよ」

「わかっとる。家の方へ顔を出してくる。青木の家として勤めは果さんとならん」

「何も持たずに行くんですか？」

と初江が小もちを放り出して言った。

「……あれを出せ、あれだ」

「何ですか」

「竹林の七賢人」

「あんなものをですか？　新しい二階家ですよ。あれ、虫が喰ってますよ」

「いいから出して包みなさい」

仏壇の上の袋戸棚を開けると湿ったホコリの匂いがした。そこに壊れかけた箱が詰っている。

「竹林……竹林……あ、ありました」

掛軸の箱が引っぱり出された。長子が布巾《ふきん》で箱を拭いた。くるくると掛軸が広げられていくけれど、なかなか絵が出てこない。下の方に髭を生やしたり帽子をかぶったりした中国の男が七人立っていて、まわりには竹が繁《しげ》っている。墨だけの絵なので、ちっともきれいじゃない。

「風呂敷《ふろしき》に包むんだ。これは路尽《ろじん》さんの傑作だぞ。これぐらいのことはしかたない」

綿入れを着て、小太郎は雪の中に出ていった。

長子と初江はこたつに手をつっこんで、溜息《ためいき》をついた。

「あんな絵、喜ばれないわよ」

と長子。それから新子の足をくすぐった。

「ねえ新子、そんなに大きな家だった？」

「うん、二階もあるって」

「自由がどうしたって？」

「忘れた。あ、ちっぽけな心はダメだって」

「シゲルのお父さんが言ったの？」

「うん」

初江と長子が顔を見合わせた。

その日小太郎は、暗くなってから勢造に背負われて帰ってきた。酔っぱらって顔を真赤にして、咳込《せきこ》んでいた。勢造に背負われると、小太郎は小さく見えた。

「雪道で転ばれると大変ですから」

と勢造は玄関で丁寧に頭を下げた。

あくる日、小太郎は喘息《ぜんそく》がひどくて寝込んだ。

昼近く、勝手口から初江がこそこそと入ってきた。手には昨日の掛軸が風呂敷に包まれたままだ。

新子に気づいて手招きすると小声で言った。

「掛軸、猫に小判だからお返ししますって。勢造さんて、なかなかの男だね。おじいちゃんには内緒だよ」

奥の部屋で小太郎の咳が続いていた。

17　初めてのハンバーグは美味《おい》しかったけど

初江には、姉妹がたくさんいる。子供のころ死んでしまった妹も、原爆で死んだ弟もいる。

新子にとって名前だけ聞いたことがある川村町江《かわむらまちえ》は、初江より十歳若い妹だ。いつも付き合っている仲の良い姉妹と違って、普段はほとんど行き来もないのに、息子が嫁をもらうので結婚式に出てくれと初江に言ってきた。

列車とバスで二時間かかる山奥なので、初江と長子は朝五時に起きて仕度した。お休みの日なので、新子も一緒に行きたかったが、連れていってもらえるのは光子だけで、新子と小太郎はお留守番。

小太郎はシゲルの家の棟上げの日以来、風邪をこじらせて寝たり起きたりしている。

朝は晴れていて、初江と長子と光子は大きい荷物を抱えて出かけていった。風呂敷《ふろしき》包みには初江と長子の着物が入っていて、結婚式に出席する前に着替えるのだ。

もっと暖《あつた》こうなって挙げればいいのに。

来月の大安は、どの日も神主さんが都合悪いんじゃそうな。

初江と長子はぶつくさ言いながら、それでも嬉《うれ》しそうだった。

小太郎と二人だけになって、

「おじいちゃん、トンプク持ってこようか?」

新子は仏間で寝ているはずの小太郎に声をかけた。

あれ、小太郎の姿がない。

仏壇を見ると、

「あ、おじいちゃん……」

黒い枠の写真が、新子を見ている。

「……死んじゃった」

そんなはずはない、とよく見ると、小太郎の父親の肖像写真だった。写真みたいな絵みたいな、暗く怒った顔だ。

この顔があるから、仏壇は大嫌い。

それなのに、叱《しか》られるときはいつも仏壇の前に正座させられる。

小太郎が死んで、こんなふうに写真になって新子を見下ろしたら、ちっとも嫌じゃないし怖くもないんだけど、と思ってドキッとした。マイマイがひんやりと痛い。

「おじいちゃん、どこ？」

新子は声をあげた。死んじゃいやだ、と思った。

敷いた布団《ふとん》はもぬけのカラだ。

縁側に出てみると、小太郎の背中が見えた。庭の榎《えのき》の木の下で、腕組みして空を見ていた。

新子に気づいて振り返った。

「雪が降ってくるかもしれんぞ。母さんたちのバスが峠を越えられるかどうか……」

「峠があるの？」

「昔は追いはぎが出た」

小太郎が睨《にら》んでいた空は、少し紫色がかって、おもちのようにぽってりとしている。

「あの雲から雪が降るの？」

「こっちの山にかかると、降りはじめる。あの雲には水がたっぷりと含まれとる。あした の朝は、どこもかしこも真白かもしれんぞ」

「そしたらうち、アイスキャンデーをつくる」

雪をかためて、その中に砂糖を溶かした水を入れた試験管を立てておく。

砂糖じゃダメだ、塩を入れれば何とかなるかもしれん。

父親の東介が言ったので、両方やってみたところ、塩の方はちょっとだけ凍ったが砂糖は全然凍らなかった。

塩のアイスキャンデーなんて美味しくない。今度雪が降って積ったら、甘いアイスキャンデーを作る。

ふと小太郎の足元を見ると、裸足《はだし》に下駄ばきだ。

「おじいちゃん、風邪が悪くなるよ。足袋はかないと足がしもやけになるよ」

「新子、駅前の金山《かなやま》食堂が大繁盛《だいはんじょう》しとるというのは本当か」

「うん、本当。毎日、行列ができてる」

新子のクラスに、その食堂の娘がいる。金山宏子《ひろこ》。ミルクのみ人形を五つも持っているといううわさだ。

「何を食べさせる?」

「いろんなもの。ウナギもあるって。アメリカの食べ物もあるよ。ハンバーグとか」

一平がハンバーグを食べて、肉があんなにやわらかいと思わなかったと、びっくりしていた。そのとき新子も、食べてみたいと思ったが、一緒に聞いていた貴伊子が、

「あんな不潔な食堂でハンバーグを食べたらお腹《なか》をこわすって、父さんが言ってた。

あの店のお肉は、アメリカの軍隊からの横流しだから、何が入ってるかわからんって」

と言い出した。貴伊子は転校生だから、金山宏子とは親しくない。

「おじいちゃん、横流しって何?」

「誰がそんなことを言った」

「あの食堂のお肉は、アメリカの横流しだって、貴伊子が言ってた」

「……もしそうだとしても、そういう才能は、そのうち消えてしまうもんだ」

「横流しは、才能なの?」

「金もうけの才能だ」

「でも、ハンバーグにはジャガイモとネギが入ってて、すごく美味しいって。食堂の裏側にはプロパンガスがずらっと並んでるんだって。すごいね」

七輪やカマドで火を焚《た》かなくてもいいのだ。町の方にある家は、どんどんプロパンガスになっている。でも新子の家やシゲルの家は、七輪やカマドが大活躍で、新子も火をおこす手伝いをさせられた。

紙くずに火をつけて、その上に小枝を乗せ、消し炭を置き、最後が本物の炭だ。でも、煮たり焼いたりが済んだあとは、まだカッカとおこっている炭をバケツの水に入れて消す。ジュジュウ!　と大きな音がして消し炭ができる。

カマドの薪《まき》も、同じようにして消す。ほこほこと軽い炭のできあがり。新子の家では、煉炭《れんたん》火鉢も料理やお湯をわかすのに使われていた。穴のあいた煉炭の上に、おこった炭を乗せると、煉炭は火の粉をあげながら、上の方から赤くなっていく。

お豆を煮たり、魚を焼いたりするのに便利だけど、プロパンガスならもっと便利だろう。プロパンガスが来たら、新子はもう、七輪で火をおこさなくてすむ。消し炭ジュウジュウも必要なくなるのだ。

「……ねえおじいちゃん、おじいちゃんのゆたんぽも、プロパンガスであったかくできる？」

「ゆたんぽは無理じゃ。そのかわりに、何か便利なもんが出てくるじゃろう。それまでわしは生きとらんがな」

仏壇の写真を思い出し、新子は大慌《おおあわ》てで言った。

「おじいちゃん、死んだら大変だから、お家《うち》に入ろう」

「……新子、シゲルと一緒に金山食堂でハンバーグを食べてきなさい」

「ほんと？」

「休みの日も、やっとるかな」

「やってる、やってる。いつも行列ができてる。でもおじいちゃんは、お昼ごはんどうする？」

ごはんは炊《た》いてあるから、お昼になったら白菜のお漬け物を切って、煉炭火鉢でアジの干物《ひもの》を焼いて、小太郎と一緒に食べるように長子から言われていた。

「わしは何も食べとうない。わしのことは心配するな。シゲルと行ってこい。ハンバーグが美味しいかどうかたしかめておいで」

小太郎は仏間に戻ると、仏壇の下の引き戸から、折り畳んだ百円札を二枚取り出して、新子に渡した。

新子はこわごわ受け取る。百円札はちょっとだけ茶色で、今日の空みたいだ。長いあいだ仏壇の下で身を縮めていたので、ひんやりしている。

「それで足りるかな」

「足りる、足りる」

と言ったけど、よくわからない。値段なんて見たことがなかったし、食堂の中に入ったこともない。

絵具は一本十五円、ナイフは五円、セメダインはちょっと高くて二十円。新子が知っている値段は、文房具と駄菓子だけだ。

「……その百円札はな、新子が生れた年にオルガンを売ったお金の残りだ。あのときにはもっと価値があったんじゃがな」

「オルガンを売ったの？　うちにオルガンがあったの？」

「フガフガと、へんな音を出すオルガンじゃった。夜中にリヤカーで運んでいったが、あのときのお金を、二百円だけ仏壇の下に入れておいたんじゃ」

「ほかのお金は？」

「新子の血や肉になってしもうた。フガフガのオルガンの何万倍も、新子が大切じゃったからのぉ。その二百円も、早《はよ》う使わんと、ハンバーグどころかうどんも食べられんようになる。シゲルと行っといで」

「うん……でも……」

　またまた、マイマイがひりひりする。

「シゲルとじゃなくて、おじいちゃんと行きたい」

「わしはハンバーグなんぞ食べとうない。シゲルも新子も、これからの人間じゃから、ハンバーグというもんを、試してくるんじゃ」

　新子の気持は、今にも雪が降り出しそうな空と同じくらい複雑だった。

　シゲルの家に向かいながらマイマイを引っぱった。

自分のためにオルガンが売られてしまって、今はこの二百円だけになってしまった。新子が生れた九年前は、この二百円はもっと価値があったのだ。

それを思うと悲しい。長子や初江にも、ちょっと申し訳ない気がする。だけど、ハンバーグは嬉しい。

嬉しいのと悲しいのと、ドキドキとションボリが、新子のマイマイのまわりをぐるぐる回っている。あんまり引っぱったので痛くなってしまった。このまま大人になったら、むしり取られたペンペン草のように、額は傷だらけになってしまうかもしれない。

シゲルは三和土《たたき》の横の部屋で、一升瓶を両足で挟んで精米中だった。瓶の中の玄米を棒で何百回も突いて白くするのだ。新子が来たのがわかっても、瓶を手放そうとしない。

「シゲル、駅前の金山食堂にハンバーグを食べに行かない？」

いつもなら、それだけ言えば瓶を放り出して靴をはくのに、手を動かし続けている。

新しい家の棟上げの日以来、シゲルは急に大人になった。新子にいたずらすることも少なくなり、家の手伝いもよくしている。

自由には責任が必要なんだ。

棟上げの日、シゲルの父親勢造がそう言ってゲンコでシゲルを撲《なぐ》ったけど、シゲルは勢造のゲンコが、よっぽど怖いのかしらん。

「……おじいちゃんが、シゲルと一緒にハンバーグ食べてこいって……お金もらった」

「ちょっと待っとれ。あとちょっとで突き終る。これ、晩メシなんだ」

「うん、じゃあ待ってる」

シゲルの手の動きが早くなる。早く突き終えて、駅前食堂へ行きたいのだ。

勢造が奥の方から出てきた。

「嬢ちゃん、いらっしゃい。小太郎さんの具合はどんなです？」

新子は、勢造に嬢ちゃんと呼ばれるのが嫌だ。地団駄踏みたくなる。でもシゲルを見習って辛抱した。

「まだ寝てるけど元気」

「ほう、大事にしてあげてな。この前、背負うて行ったら、思ったより軽かったんで、気になってな」

「……でも元気です。ずっと死にません」

「うん、そんなら良かった。嬢ちゃんはおじいちゃん似だな」

「どうしてですか」

「いや、小太郎さんみたいに、気持がシャンと立ってるもんでな」

新子はマイマイに触ってみる。マイマイは立ってるけど、気持がどうしてシャンと立ってるのかわからない。

シゲルと一緒に駅前まで歩いた。

シゲルは一歩あとをついてきながら、何度も同じ質問をする。

「……一緒にハンバーグを食べろって、小太郎おじいちゃんが言ったのか？」

「言った。でも、嫌だったら帰ってもいいよ。うちが二つ食べるから」

シゲルがちょっとだけ大人になったように新子も大人の真似《まね》をして顎《あご》をとがらせた。

この二百円は、オルガンを売ったお金の残りなのだ。小太郎はオルガンを売るとき、どんな気持がしたのだろうと想像すると、涙が出そうになる。

金山食堂はほぼいっぱいだったが、待たないでテーブルに座ることができた。

見回すと壁に美空《みそら》ひばりと江利《えり》チエミの写真が貼《は》ってある。黒人がラッパを吹いている写真もだ。目の玉がとび出し、頰っぺたがカエルのように膨らんでいる。

「あ、この男、サッチモって言うんだ。俺、知っとる」

シゲルは興奮して落着きなくまわりを見回している。でも新子は、なあんだ、ちっともキレイじゃない、と思う。店の中は湯気と油とお醬油《しょうゆ》の匂《にお》いが溢《あふ》れ、こんなところでオルガンのお金を使うのは勿体《もったい》ないと思う。

真赤なエプロンのお姉さんが来たので、

「ハンバーグ、いくらですか」

と聞いた。

「ライス付きで八十円」

「オレ、ハンバーグじゃなくて、オムライスがいい」

「オムライスは六十円」

新子とシゲルは、ハンバーグとオムライスを半分ずつ分けて食べた。

両方美味《おい》しかった。美味しかったけど、お腹《なか》がいっぱいになる前に胸がいっぱいになった。

お金を払うとき、折り畳んだ二枚の百円札が少し恥ずかしかった。

小太郎の百円札は、ブリキの四角い箱の中に放りこまれて石の重りが乗せられた。

箱の中には、お札がいっぱいに盛り上がっていた。

おじいちゃん、ごめんね。

石の下の二枚のお札に言った。

「はいおつり。また来てね」

外に出ると、雪が降り出していた。

18　男はゴマ塩だけで一膳《ぜん》のごはんを食べた

金山食堂でハンバーグを食べた日、新子は寄り道をして遊んで帰った。

どうせ家には、小太郎一人で、初江も長子も光子も、結婚式に行っていて留守。

それに何と言っても、ポケットにはハンバーグとオムライスを食べたおつりが入っていた。

おつりは六十円。

おじいちゃんに返した方がいいのかな。それとも使っちゃっていいのかな。

オルガンを売ったお金の残りだと思うと、やっぱり返さなくっちゃと思う。でも、天神町にできたタイヤキのお店も行ってみたい。学校の帰りに食べ物を買って食べると叱《しか》られるけど、今日はお休みだ。

タイヤキのお店の前で、足が止まった。

「一個ずつ、食べようか」

シゲルはすぐに賛成した。

「白いアンと黒いアンを下さい」

「二つで二十円」

でもまだ、四十円残っている。

雪がどんどん降ってきたけれど、タイヤキがホカホカなので、ちっとも寒くない。

歩きながら食べた。食べながら、オルガンの話をした。

「勿体なかったな。オレが大人になったら、そのオルガンを買い戻してやる」

オムライスとタイヤキを食べたので、シゲルはちょっとだけすまない気持になっているのだろう。

最近シゲルは、急に大人みたいなことを言う。シゲルは将来、父親の店を継いで自転車屋になるのだ。お金をたくさん儲《もう》けて、オルガンを買い戻してくれる。

嬉《うれ》しいけれど何か嫌だ。シゲルが自分より背が高く、強くなった気がして面白くない。

「オルガンはすごく高いから、買い戻すのは無理だっておじいちゃんが言ってた。シゲルの家は、大事な物、売ったりしなかったの？」

「うちにはオルガンはなかったしな。あ、父ちゃんが昔、血を売ったと言ってた」

「血が売れるの？」

「うん。戦争から戻ってきて食べる物がなくなったとき。チクッとしただけで、痛くなかったって。父ちゃんの血は、ふつうの男の倍ぐらいあるから、体に貯金してるようなもんで、お金には困らないって言ってた」

「でも今は、お金いっぱいあるんでしょ？」

「うん、田んぼを売ったから」

「自転車のお店やるんでしょ？」

「うん。でも将来はクルマの店にしたいって」

「クルマ？」

「バタバタやラビットの時代は終って、クルマの時代が来るって言うとる。オレが大きくなったときはクルマの商売になっとるかもしれん」

新子は立ち止まって、シゲルを見る。シゲルの口から、将来、という言葉が出てくるのが不思議でたまらなかった。金山食堂の箱に、お金が山のように入っていたけれど、シゲルもいつか、あんなお金持になるのだろうか。

学校の前の文房具店に寄ってゴムマリを買った。新子はマリつきしたかったのにシゲルは野球だと言い、落ちていた木の棒でホームランごっこをした。ゴムマリは幼稚園の横の小川に落ちて流れていってしまった。

二百円もらった残りは二十円。

シゲルと別れて家に帰ってみると、裏口に穴のあいた大きな靴が、そろえて置かれていた。誰かお客さんのようだ。

新子は小さい声で言う。

「おじいちゃん、ただいま」

寄り道をたくさんしてきたので、叱られるかもしれない。

小太郎の咳込《せきこ》む音が台所の方から聞こえてきた。小太郎は、ちゃんとお昼ごはんを食べられたのかな。

「お、新子か、いいところに帰ってきた。何かおかずは無かったか」

「おじいちゃん、もう夕方よ、お昼ごはんまだだったの？」

走って行ってみると、いつも新子が座るところに坊主頭《ぼうずあたま》の見知らぬ男が正座していた。

新子を見て、体を小さく小さくした。

男の前には小太郎のお茶碗《ちゃわん》と湯呑《ゆの》みがあって、お茶碗には半分食べかけのごはんがあった。ごはんはゴマ塩がかかっていて、黒い点々だけ。男の坊主頭も、白い毛と黒い毛が点々のように生えていた。

「……何か干物があるようなことを言うとったが、どこかにあったら、焼いてやらんか」

「うん」

新子は戸棚の奥から、行商の人が持ってきたアジの干物を取り出してきた。

すると男が急に立ち上がって、

「いえ、これだけで結構です。何もいりませんから……これを頂いたら、すぐに出ていきますから……」

と言った。女の人みたいな、やさしい声だった。

「わしはどこに何があるかわからんもんで、漬物も出せせん。悪いのお」

「いえ、これだけでもう、ほんとに……」

小太郎は納戸《なんど》に白菜漬けの樽《たる》があるのは知っているはずだが、自分で樽から取り出して洗って切ることはない。だから新子が、小太郎にお昼ごはんを食べさせることになっていたのだ。

だからおじいちゃんにお弁当作って行けばよかったのよ。新子にまかせたのが間違いだった！

初江と長子の怒った顔が目に浮かんだ。

「もう一膳、どうかね」

「いやもう、充分いただきました。ありがとうございました」

男はごはんの残りにお茶をかけると、かき込むように口に入れた。

それから頭を畳にこすりつけるようにして、ごちそうになりました、と小さい声で言った。新子はびっくりしてとびのいた。

裏口の大きな靴をはくと、あっという間に姿を消した。

ちゃぶ台の上には、お茶碗とお湯呑みとゴマ塩が残っている。

新子は干物の袋をぶら下げたまま小太郎に聞いた。

「今の人、だれ？」

「名前は聞かんかった」

「何しに来たの？」

「ごはんを一膳だけめぐんでくれと言うた。言うたとおり、ごはんだけしか食べんかったな」

「アジの干物、焼いてあげればよかったね」

「ゴマ塩だけで気の毒なことをした」

「……おじいちゃん、お腹《なか》すいたでしょ？」

「いや、何も食べとうない。それより、駅前の食堂はどうだった？」

新子は大喜びでハンバーグの報告をした。シゲルはオムライスでケチャップが乗ってて……グラタンとかもあったよ。

「壁にね、美空ひばりとかサッチモとかの写真が貼《は》ってあって……」

サッチモだったたっけ。自信がない。

「美味《おい》しかったか」

「うん、すごく美味しかった」

でも、百円札がブリキの箱に放り込まれて石を乗っけられたことは、言えない。オルガンのことも忘れたふりをした。

「……おつりが……ええとおつりでタイヤキ食べて、ゴムマリ買って……ええと……」

ポケットから二十円を取り出して小太郎に渡した。

「二十円になった」

叱られるかな。でも小太郎は笑っている。

そのとき、玄関の戸がガラガラと開いて、光子の声がした。

「寒い、寒い、雪だ、雪だぁ……ただいまぁ……」

と靴を脱ぎ散らして走ってきた。そのあとから長子と初江も赤い顔で入ってきた。

「ただいまぁ！　峠が閉鎖になる前に、バスにとびのって帰ってきちゃった！　こんな寒いときにどうして結婚式挙げるのかわかる？　町江さんの息子、ロサンゼルスに行くんだって。お嫁さん連れて行くんだって！　だから大急ぎなの。東京のお嬢さんで、可愛《かわい》かったね」

と長子が言うと、光子も目をキラキラさせて、猫みたいに可愛かったね、と言う。

新子が長子の手にぶら下がると、お酒の匂《にお》いがした。

「あ、母さん、お酒くさい」

「そんなことないわよ、バカね」

と頭を軽く叩《たた》かれた。やっぱり酔ってる！

赤と白の大きな風呂敷《ふろしき》が、ちゃぶ台にどんと置かれた。

新子がほどくと、中からヨーカンや紅白の大きな饅頭《まんじゅう》やタイの塩焼きが出てきた。

新子まで浮きうきしてくる。

「あれ、おじいちゃん、おかずナシでごはんだけ食べたの？　新子にアジの干物を焼くように頼んどいたのに……お味噌汁《みそしる》もちゃんと作っておいたのよ」

するとと小太郎が言った。

「いや、わしは何も食べとうなかったから……」

「具合、まだ悪い？」

「いや、その饅頭をちょっとだけ切ってくれ」

「うちも食べる」

と新子が言うと、光子も、うちも、と真似《まね》した。長子は包丁で切って皿に乗せた。

小太郎はちょっとだけ食べて、甘いな、胃にもたれる、と言って置いてしまった。

「……じゃ、このお茶碗、誰が食べたの？」

「知らない人」

と新子は、饅頭を頬ばりながら言う。

「え？　知らない人って誰？」

長子と初江が、小太郎を振り向いた。

新子はしまった、と思ったが遅かった。マイマイを自分でガツンと撲《なぐ》りたくなった。このマイマイが悪いのだ。マイマイ新子のお喋《しやべ》りめ！

小太郎の説明を聞いているうち、赤かった長子と初江の顔が、窓の外の雪と同じに灰色になっていく。

「おじいちゃん、その男、ドロボウかもしれないのよ。何てことしたの？」

長子が言うと初江も、

「家の中の様子を見に来たのかもしれんね。吉村さんの家に入ったドロボウは、お昼間刃物《はもの》磨ぎであっちこっちの台所に入って、トイレを借りるふりしてトイレのカギを内側から外してたそうよ。最近のドロボウは、お昼間ちゃんと下見に来るそうだから……」

と怖い顔で言う。

新子は小太郎が可哀《かわい》そうになった。

「そんな人じゃないよ。ごはん一膳だけって言ったの。お腹が空《す》いてただけよ。干物焼いたげるって言ったけど、いらないって……」

女のようにやさしい声だった。

「……絶対に悪い人じゃない！」

と新子は大声で言った。

おじいちゃんの味方しなくっちゃ！

小太郎は二人からあれこれ言われて、しょんぼりして仏間に入っていった。新子は小太郎から二百円もらって金山食堂でハンバーグを食べてきたことを黙っていた。

雪がどんどん積って、あくる朝は外が真白になっていた。

シゲルやヒトシたちと雪ダルマを作って、お大姉様《たいしさま》のほこらの前に置いた。

その雪ダルマが、やがてどんどん小さくなっていき、陽に照らされて汚れた雪のかたまりになった。道端を見ると、ヨモギが、ちょっとだけ緑色の芽を出している。

あと少しで春が来そうだけど、でもまだ寒いなあ。

眠いねむい朝のこと。

お布団《ふとん》の中まで、長子と初江の声が聞こえてきて目が覚めた。

「お納戸のお米が、一斗缶ごと無くなってる！」

小太郎も光子も起き出した。

「……奥の方の俵は大丈夫だったけど、入口に置いてた缶が……」

お納戸は台所の裏口から出ると、すぐ目の前にある。いろんな物が置かれていて、戸を開けるといつもお漬物の匂いがする。

「ここにほら……」

長子が指さしたのは、一斗缶の四角い跡がついた地面だった。硝子窓《ガラスまど》から朝日が射《さ》しこんで、新子の頭はくらくらした。

初江が頰っぺたを盛り上げて、警察に言わなくっちゃね、と言った。

それから、他に無くなった物はないかと皆で調べた。

小太郎は腕を組んだまま、納戸の外側を歩き回っている。

新子は学校に行き、戻ってくると、光子が走ってきた。

「ドロボウはお米だけ持ってったの。おまわりさんが来たよ」

「ふうん。ドロボウ、捕まるかなぁ」

「お納戸に鍵《かぎ》をかけたから、もう大丈夫だって」

新子に、おかえり、と声をかけたあとも、長子や初江、小太郎は黙っている。いつもは、学校どうだった？　と聞くのに誰も知らん顔していた。

小太郎は咳をしながら仏間に入っていった。夕ごはんのときも、みんなしんとしていた。ごはんをこぼすと、長子が、ちゃんと拾いなさい、と怖い顔で言った。

夜になって新子が、小太郎の部屋に行くと、小太郎は布団の上にあぐらをかいて背を丸めていた。寒そうだ。新子は気になっていたことを聞いた。

「おじいちゃん、ごはんをめぐんであげたあの男の人が、ドロボウだったの？」

長子や初江がそう思っているのを、新子は知っていた。小太郎はしばらく考えていた。

「いや違う。あの男はドロボウじゃあない。腹がへった気の毒な男じゃ。ドロボウはもっと人相が悪いに決っとる」

「そうよね。あの男の人、やさしそうだったもんね?」

新子はほっとした。小太郎が大きくしわしわの手で、新子のマイマイを撫《な》でてくれた。

19　戦友は「週刊新潮」を持ってきた

〝千年の川〟に行くための田んぼの畦道《あぜみち》は、シロツメグサとイヌノフグリとスイバが繁《しげ》っている。

カラスノエンドウも、レンゲとそっくりなピンク色の花をつけた。カラスノエンドウは、戦争中、乾かして焙烙《ほうろく》でこんがり炒《い》って、ほうじ茶にして飲んだのだそうだ。

三年生の終業式を終えて家に戻ってきた新子は、いつものように小太郎の部屋を覗《のぞ》いた。小太郎はこのところ、寝たり起きたりで、食欲もない。持病の喘息《ぜんそく》が出て、声が出ないほど咳込《せきこ》んでいることもある。

「おじいちゃん、通知表で5をいっぱいもらったよ。でも、言動に落着きがないんだって。通知表に書いてあった。ゆっくり落着いて話しなさいって」

その通知表は長子の手で仏壇に供えられている。ＰＴＡの会で、長子は同じことを受け持ちの先生からも言われた。

全部わからないのに、ハイハイってすぐに手を上げる。いつもゴソゴソ手足を動かしている。算数の計算は早いのに、検算しないものだからどこか間違えていて、百点は取れない。

長子は言われた通りを新子に伝え、これからはもっとしっかりしなさい、四年生になるんだから、と言った。

「全部わかってから手を上げたら、他の子が答えてしまうもん。全部わかってから手を上げた方がいい？」

小太郎はきざみ煙草《たばこ》の「ききょう」を指で丸めて、キセルに詰めながら笑っている。

「新子は新子流で行くしかないからのぉ」

「叱《しか》られるときも真先に出ていくよ」

「うん、それはいいことじゃ。誉《ほ》められるときもじゃろう」

「うん、真先」

大きい声になった。

「おじいちゃん、千年の川に行く畦道、イヌノフグリがいっぱい咲いてるよ」

「やわらかい花じゃから、小鳥が喜ぶじゃろう」

本当はもっと別のことを言って欲しい。そろそろ藤蔓《ふじづる》のハンモックを点検しておかんとなあ。

小太郎のその言葉を待っているのに、小太郎は小鳥の話しかしない。喘息が治ったら、きっと思い出してくれるよね。

春休みになったので、二日間だけ東介が帰ってきた。お正月と二月の雪の日と、今度で、今年になって三度目。

朝からみんな落着かない。それに今度は、東介の戦友が一緒だというので、長子は自転車の荷物入れいっぱいに買物をしてきた。

新子は光子を連れて、麦畑の道を歩いて玉子を買いに行った。ニワトリをたくさん飼っている家だ。水玉子を五つもおまけしてもらった。

玉子の白身を泡立てる手伝いが大変だ。

「ほら、ちゃんと掻《か》き混ぜて。白い泡がピンと立つまでよ」

泡雪のお菓子を作るのだからしかたない。手がくたびれてひと休みすると、長子に睨《にら》まれた。

東介がお客を連れてくることなんてめったにない。戦友は初めてだ。特攻隊のときの戦友？　と聞いたけれど、長子も知らないと言う。

「戦友は戦友なのよ。生きるか死ぬか、一緒だったんだから」

「うちも戦友がいるよ」

泡立て器を置いて新子が言うと、傍らの光子も、うちもいる、と真似《まね》をした。

「ほんと？　だれ？」

「決死隊のタツヨシとシゲルと八郎と……」

でも、防空壕《ぼうくうごう》探険したときのタツヨシは、大阪に行ってしまった。タツヨシとさよならしたときの線路に咲いていた、月見草を思い出した。タツヨシは大阪の小学校で、ちゃんと六年生になれるのだろうか。

東介が連れてきた戦友は、格子縞《こうしじま》のハンチング帽子をかぶった、瘦《や》せて小さな男だった。

「小島さんだ。昔ずいぶんお世話になった人でね。今は伊豆《いず》の方で旅館をやっておられる」

小太郎は部屋から出てこないが、初江と長子と新子と光子は、一人ずつ挨拶《あいさつ》した。

なんだ、つまんない、ちっとも楽しそうな男じゃない。意地悪そうな顔だ。

光子も同じ気持なのか、台所に行って泡雪の切れ端を食べはじめた。

小島さんは窪《くぼ》んだ頰をもぞもぞさせながら、居心地悪そうだ。

「女の子二人ですか賑《にぎ》やかでいいなあ」

台所の光子と新子を珍しそうに見ていたが、ああそうそう、これを、と言いながら紙の箱を取り出す。それを見てまたがっかり。巻き寿司《ずし》にするノリだった。

新子も台所に行って光子と蹲《うずくま》った。

大人の戦友より、新子たちの決死隊の方がずっと面白い。でも、台所にいても声はみんな聞こえる。小島さんは体は小さいのに声はラジオのアナウンサーみたいに大きくて強かった。

「奥さん、これ、最近創刊された週刊誌というものです。これからは週刊誌の時代ですよ」

「あら、『週刊新潮』……かわいい表紙ですね」

「その中に奥伊豆の山宿《やまやど》を紹介するページがありまして、うちの旅館も載ってる」

「すごいですね」

「これを持って、生き残った連中を訪ねて回ってるんです。よかったら差し上げます」

新子と光子は、すぐに台所からとび出して週刊誌というものを覗き込んだ。ノリのお土産はつまらないけど、こっちは見たこともない本だ。写真もある。初江も小島さんと話をしながら、ちらちらと見ている。

「あんたたち、おじいちゃんのところへ持っていって見せておいで。日本で初めての週刊誌だって言うのよ」

大人の話に、新子と光子は邪魔なのだ。二人は小太郎の部屋へ走っていった。

小太郎は座敷の声が聞こえていたのか、新子が何か言う前に、どれどれ、と手を伸ばした。それから、ほう、と溜息《ためいき》つきながらページをめくった。

「何が書いてあるの？」

「うーん、オー・マイ・パパに背くもの……これは父と子のモラル戦後版だそうだ……」

何のことかわからない。

「ほかには？」

「ブラジルの子等、天理に帰る……特集　東京のサラリーマン……ウィーン少年合唱団の五十日……お、囲碁と将棋だな……谷崎潤一郎の小説か……柳生《やぎゅう》武芸帳、五味康《ごみこう》祐《すけ》……知らんなあ……大佛次郎《おさらぎじろう》と石坂洋次郎は知っとるぞ……」

「うちはみんな知らん」

「玄関の横の本棚に、谷崎潤一郎は入っとる」

「その人、面白い？」

「うん、今夜のお客さんより面白いな」

小さい声になった。うんうんと光子が頷《うなず》く。

「その人、何する人？」

「小説家だ。ここにも小説を書いとる」

「うちも読みたい」

「まだ無理じゃ、漢字がいっぱいあるし読んでもチンプンカンプンじゃろう」

「あ、漫画がある。ポリスのポリさん……」

これはカタカナなので読めた。

「ポリスってなに？」

「……人の名前じゃろう。カタカナは気にくわん」

「でも、カタカナなら光子だって読めるよ」

そう言われると光子は張り切る。目次からカタカナを読み上げていく。

「モラル……パート……ユーゲント……ミス・ツバメ……カメラ……レター……コルチナ……」

「もうええ、光子が読めるのはようわかった」

「週刊新潮」に退屈してお座敷の声に耳を傾けると、トニー・ザイラーがどうしたとか話している。それからシンタローの名前もだ。

新子の耳には、みんなカタカナの外人の名前に聞こえた。

小島さんという戦友は、週刊誌と一緒にカタカナをたくさん持ってきた。コルチナというところでオリンピックがあって、イガヤチハルという人が賞をもらったんだって。

新子は村上ひづる先生を思い出した。チハルという女の人も、きっと美人なんだろう。シンタローという人も、オリンピックか何かで賞をもらった人なのかな。

小太郎と初江と長子の会話には、絶対に出てこない名前ばかりで、東介が急に遠い人に見えてきた。

その日、新子と光子は、小太郎の部屋で夕ごはんを食べ、小太郎と布団《ふとん》を並べて寝た。

お座敷からは夜遅くまで大きい声が聞こえていたが、泡雪を食べたら急に眠くなってしまった。

あくる日、新子がお座敷に行ってみると、小島さんと東介が朝ごはんを食べていた。小島さんも東介も、少し青白い顔だった。

それから二人は立って庭を見ていた。うしろから見ると小島さんの頭は東介の耳の高さしかなかった。二人は黙っているけれど、何か話している雰囲気だった。

「それじゃあこれで」

と小島さんが言うと、東介は、うん、と言った。

「奥さん、伊豆に来て下さい。お嬢さんたちと一緒に」

長子が情なさそうに笑うと、東介が、ま、そのうちに、と言った。

「……十年生きてたら会おう、と言ってたんです。来てよかった。ごちそうになりました」

小島さんは、タクシーに乗って去っていった。光子が病気のときだけ呼ぶタクシーが、その朝は小島さんを乗せて往還の方へ走っていった。

みんな、気が抜けたようにぼんやりしていたが、東介が急に明るい声で言った。

「新子、顕微鏡を持っておいで。いいものを見せてあげる」

ああ、夢の箱だ。覗きこむと、夜空と同じぐらい深くて遠いところまで見える顕微鏡。でも、木の箱から取り出すとき、へんな薬の匂《にお》いがする。

東介は取手《とって》を針金で修理した革のカバンの底から小ビンを取り出した。緑色の水が入っている。

「これがクロレラだ。約束しただろ、見せてあげるって」

「うん、ピョンピョン動いてる」

「さあ、それはどうかな」

「父さんがそう言ったもん」

「自分でたしかめればいいさ」

新子は顕微鏡の扱い方に、すっかり馴《な》れていた。いろんなものを二枚のガラスに挟んで覗いてみた。葉っぱや花や耳の穴のアカや魚のウロコや石けん水……真暗になって何も見えないものもあったけど、下から光が透けて虹のようにたくさんの色が重なって見えるものもあった。

横長いガラスの上に緑色の水を一滴だけ乗せ、上から薄いガラスで押しつけると、水は透明になった。

上と下のレンズをはめて覗いてみた。

「もやもやしている」

「レンズの倍率を高くしてごらん」

目に近い方のレンズを取りかえた。

「あれ」

「どうだ」

「丸いよ。ピョンピョン動いてないよ。父さん、嘘《うそ》ついた……」

東介が笑い出した。

「だから自分の目でたしかめろと言っただろ？　父さんの言ったことでも、間違いはある。でも自分の目で見ればはっきりするだろ？」

「母さんは嘘つきませんよ」

と長子がちょっと怒って言った。

「嘘はつかなくても、間違うことはある」

「そりゃあまあ、そうですけど」

「だから新子に教えてるんだ」

東介と長子が睨み合ったので、新子は慌《あわ》てた。でもすぐに長子はそっぽを向いた。

東介の額の横には筋が一本。きっと小島さんと夜遅くまでお酒を飲んだせいだ。

「それにな新子、いいか、世の中がわからなくなるのは、大きいところばかりを見ているからだ。小さいものを一所懸命に見ていると、なんだそういうことか、と思えてくる。いろんな嘘も見えてくる……」

「あなた、新子はまだ……」

東介の額の横の筋は、ますます太くなる。

「いや、新子にしかわかってもらえんから新子に言ってるんだ。これから得体の知れない渦が襲ってくる。週刊誌だって何を書くかわからん。わけがわからんようになったときには……」

　小太郎の咳込《せきこ》む声が大きくなった。

　新子は東介を、ちょっとだけ恐ろしいと思った。東介の体の中に、いつもと違う頑固な生きものが入りこんでいるようだった。

「……いや、もういいよ新子。クロレラはきれいだろ?」

「うん、でも動かないからつまんない」

「このビンの中の水は、緑の絵具を溶かしたみたいに見えるが、顕微鏡で覗《のぞ》くと、ちゃんと一コ一コが生きてる、それだけを覚えときなさい」

　二枚のガラスを洗いに行ったとき、そのあいだに挟まったクロレラが死んじゃうんだ、と思った。

　可哀《かわい》そう、と思ったが、東介に言うとまた額の筋が大きくなりそうなので、新子は黙って洗い流した。

20　麦畑に落ちてきたのは何？

青い麦の波が、音たてて揺れている。

新子はこの季節になると、麦の波を見ながらぼんやりしていることが多い。おととしより去年、去年より今年の方が、ぼんやりしている。自分が遠いところへ旅をしている気分になる。

旅はいつも一人だ。みんなが見送って手を振ってくれる。どうして旅に出るのか、どこに行くのかもよくわからない。それでも新子一人が、緑色に揺れる麦の海の中を歩いていく。

もし本当にそんなことをしたら、真先に光子が、うちも行く、と言って困らせるに決っているが、光子もまた、お行儀良く手を振っているのが、やっぱりおかしい。

ぼんやりしているだけでなく、鼻がむずむずし、目が痒《かゆ》くなる。お陽さまのせいだろうか。

もしかしたら頭の中に、かすみがかかってしまったのかもしれない。

「新子、なに溜息《ためいき》ついてるの？」

なんて長子に言われたりする。

「お腹《なか》がすいた。おやつない？」

「アラレならあるよ」

カキモチを細かく砕いて、油で揚げてお砂糖をまぶしたものが、ノリの入っていた四角い缶に入っている。

アラレを三つか四つ食べてみるけれど、美味《おい》しくない。宿題もしたくないからまた、窓から麦畑を見ている。

なんてきれいなんだろう。

緑色の細い葉が、片方からの風でいっせいにおじぎし、また反対からの風で同じようにおじぎする。おじぎした部分だけ銀色に光る。

麦がやわらかいのか、風がやさしいのか。

「あ」

「どうしたの、何見てるの？」

雑誌を読んでいた長子が、首だけを上げた。

「何かが落ちたの」

「落ちた？」

「うん、黒いものが空からまっすぐ」

「ヒバリでしょ」

「石みたいに落ちたのよ」

「ヒバリは自分の巣めがけて、石みたいに落ちるのよ。飛び立つときも、まっすぐ空に上がるの」

「行ってみてもいい？」

「どこに」

「ヒバリかどうかたしかめに。だって父さんは自分の目でたしかめなさいって言ったもん」

長子はちょっとのあいだ、黙っていたが、

「どこにヒバリの巣があるかわかるの？」

と言った。

「わかる。うちの松とあっちの電信柱にまっすぐ線を引いた真中ぐらい」

「じゃあ、たしかめてくる？　ヒバリの巣を見つけても近寄っちゃダメよ。たいてい、ヘビがいるからね」

ヘビは嫌いだ。シゲルを誘って行けば、ヘビ退治はシゲルの役目なのに。

「……ヘビはいつも、ヒバリの卵を狙《ねら》ってるからね」

父さんは、何事も自分の目でたしかめなさいと言うけれど、大変なことなんだ。ヒバリの巣の探険は、別の日にしよう。

学校の帰りに、たまたまシゲルと一緒になったふりして、ヒバリの巣を知ってる？と聞いてみよう。知らん、と言うに決ってるから、うちの前の麦畑の中にあるよ、と言えば、シゲルはすぐに探険に行くと言い出すはず。

ちゃんと計画していたのに、学校に行くとやっぱりぼんやりしてて忘れてしまった。

シシュンキなのかな。

シシュンキって、漢字では書けないけど、でも、春という字が入っていた。春の病気にかかってしまったのかな。

村上ひづる先生に聞いてみよう。

新子はお昼休みに保健室に行った。

学校の中で一番の美人なのに、ひづる先生はマスクをしていることが多い。ひづる先生がマスクをしていると、美人が台無しでがっかりだ。

保健室のガラス戸を開けた。

ひづる先生は机に向かって何か書いていた。マスクはしていない。二つあるベッドも空いていた。

「先生」

「あら青木さん、どうしたの？　ケガ？」

新子が行くとひづる先生はいつも、ケガ？　と聞く。他の子には、お腹でも痛いの？　とか風邪引いたの？　とか言うのに。

「ケガじゃなくって……シシュンキの病気です」

ひづる先生は、目をつむったり開けたりして首をかしげた。小さなパールのイヤリングがピンクの口紅に似合っている。お姫さまみたいだと思う。

「シシュンキじゃないと思うけど……」

「でも、目とか鼻とかヘンなの。麦畑見てると、もぞもぞしてくるんです」

「こっちに来てごらんなさい」

丸い回転椅子《いす》に腰かけると、ひづる先生のいい匂《にお》いがした。

新子は口を開けさせられ、目の上まぶたをひっくり返され、首のところを両方からぐりぐりと触られ、

「どっこも悪くないよ」

と言われた。

それからコップの水に苦いうがい薬を入れて、うがいさせられ、目薬をさされた。

「さあ、外に行って遊んでもいいよ」

「病気じゃないの？」

「思春期はまだ早い。それにね、思春期は病気じゃないの」

そう言いながらひづる先生は新子のマイマイを、引っぱった。そのとき、ひづる先生の左手に指輪があるのに気がついた。

「あ、きれいな指輪。それ、宝石？」

先生の頬が唇と同じくらいピンク色になった。

「これ？　これはダイヤモンド」

「ほんと？　見せて見せて」

新子はひづる先生の手を顔の前に持ってきて指輪を見た。小さくて透明な宝石がキラキラ光っていた。藤蔓《ふじづる》のハンモックに寝そべって千年の川を見ているとき、川の水が細かい光になって散っていくのと、よく似ていると思った。

「……先生、来週の土曜日で学校をやめるのよ」

心臓が止まりそうだった。息まで止まってしまった。

「どうして？」

「結婚するの」

「いつ？」

「五月だけど、いろいろ準備があるから、学校に来るのは来週までなの。先生方は知ってるけど、みんなには月曜の朝礼のときに校長先生がお話しすることになってるの。青木さんは、指輪のこと気がついたから言ったけど……」

「誰と結婚するんですか？」

「大学のときの知り合い。東京に住んでるから東京に行くの。ラグビーの選手でね、こおんなに大きい体なの」

と両手をお腹の前でぐるぐる回した。

新子は、何を言えばいいのかわからない。ひづる先生が学校からいなくなるのだ。

「うちも、東京に行きたい」

「大きくなったら行けるわ。遊びにいらっしゃい」

「どうして結婚するの？」

「どうしてかなぁ、ずっと迷ってたけど、結婚しようって決めたの」

「迷ったときは、ちゃんと自分の目でたしかめた方がいいんだって。クロレラもヒバリの巣も、自分で見るまでは信じちゃダメなの」

ひづる先生は、またもや目を閉じたり開けたり忙しく動かした。溜息《ためいき》を吐《つ》いたまま、新子をじっと見ている。

「……誰が青木さんに、そう言ったの？」

「父さん」

「ふうん。偉いお父さんね。でも、見ただけじゃわからないことも、たくさんあるの。エイヤッて決めなくちゃならないこともね」

その日、新子は、一人で麦畑の中に入っていった。いつも想像するだけで実行しなかったけれど、エイヤッと決めたのだ。

麦の葉は新子の首の高さしかない。これからどんどん伸びて穂がとび出してくると、頭まで隠れてしまうけれど、歩いていると首だけが海に浮かんでいるみたいだ。畝《うね》がまっすぐなのがわかっているから、足が勝手に動いていく。

前の方から風がくるので、波を掻《か》き分けて泳いでいる気分。

ヒバリ、ヒバリ、ヒバリ。

ひづる、ひづる、ひづる。

かわりばんこに、二つの名前が浮かんでくる。

悲しいけれど、ひづる先生はエイヤッと決めたのだ。結婚して東京へ行ってしまったら、もうひづる先生は、別の人になってしまう。おでこに手を当てたり、マイマイを引っぱって笑ったりするひづる先生じゃなくて、大きな男の人のお嫁さんになるんだ。

そう思うと、ヘビなんか怖くない。この目でヒバリの巣を見つけるもん。そして本当にヒバリの巣なのか、たしかめるもん。石ころが空から落ちるように麦畑の中に入っていったのがヒバリだったら、ひづる先生もきっと大丈夫だ。何が大丈夫なのかわからないけど、ひづる先生は東京に行っても幸せになるような気がする。

ヒバリでなくて、空から落ちてきたのが石ころだったら、きっとうちがへんな夢を見てたのね。ぼんやり麦畑を見ていたうちも、きっとへんなんだ。

新子は願かけみたいに、ヒバリの巣とひづる先生のことを一緒に考えた。だからどうしてもヒバリの巣を見つけなくちゃならなかった。

ええと、うちの家の松と、あの電信柱の真中ぐらいだった……。

畝を二つとび越えた。

前の松を見てうしろの電信柱を見て、もう二つ畝を越える。

すると、松と電信柱が一直線になった。

空からまっすぐ落ちてきて、この畝のどこかに入りこんだんだ。

そうっとしゃがんでみた。水の中に潜り込んだように暗くなった。でも、波の下は静かで青いパイプが遠くまで続いている。

新子は這《は》いながら進む。ヘビはいない。やっぱり自分の目で見なくっちゃ。

どんどん這って進んでいくけれど、何もない。手と膝《ひざ》が乾いた土でこすれて痛くなった。

立ち上がろうとしたとき、すぐ近くでピピッ、チチチッ、と小さな声がした。

新子の体は石のように固くなった。隣の畝から聞こえてくる。

麦をそうっと掻き分けて顔を出してみた。

すぐ目の前に干し草のかたまりがあった。その中に、千代紙で作ったような三角形のくちばしが三つ。踊ってるみたいにユラユラ動いている。緑色の水の底の、花びらみたい。

新子は自分がヘビになったような気がして、慌《あわ》てて麦から手を放した。ヘビでなくて人間だけど、こっそり持っていってしまいたいほど可愛《かわい》い。

何て小さいの。

もう一度、そうっと麦を掻き分けてよく見ると、くちばしの下に目があった。新子を見て体を揺すっている。

ヒバリだ。母さんが言ってたとおり、ヒバリの巣があった。

息をするのが怖い。胸がどきどきして、本当は、わあっと叫び出したい。六つの小さな黒い目は、新子のマイマイを見ている。新子のマイマイは鳥の羽根のように立っているから、きっと母親と間違えてるんだ。

そのとき、新子は不思議な気持になった。

自分がヒバリのヒナたちの母親になったような、とろとろと暖かい気分。このヒナたちがヘビに襲われたら、ヘビが怖くても絶対に逃げ出さないで、ヘビを追い返してやる！

自分が急に強く大きくなったような、胸のあたりがふくらんでいく気分。

そしてまた、なぜだか説明できないけれど、ひづる先生はきっと、幸せになるだろうと思った。ひづる先生がいなくなるのはさみしいけれど、ひづる先生が幸せになるなら、それでいいんだ……。

悲しいけれど胸の中が熱くしんとなって……。

新子は、何もかもが初めての気分で、どうしていいかわからなくなった。

笑いたいような泣きたいような。

でも新子は、笑うことも泣くこともしないで、そっとヒバリの巣から離れた。

麦畑の端まで来たとき、わっと声が出て涙が流れてきた。

畑に出ていた初江が新子に手を振った。

「どうしたの？　新子、ケガしたの？」

ああまただ。

保健室に入っていくと、ひづる先生は新子に、ケガ？　と聞いた。

ケガをしたから保健室に行ったんじゃない。今だって、泣いてるのはケガのせいじゃない。

心が、胸の中が、何ていうのか、何ていうのか、ものすごく不思議なかんじで……

やっぱり春の病気なのかな。

家に帰って新子は、長子に言った。

「やっぱりヒバリだったよ。ちゃんと自分の目でたしかめたよ。でも、自分の目でたしかめると、春の病気になっちゃうね。うちの目、病気になっちゃった」

新子は赤い目を、ごしごしとこすった。

21 引き算と足し算は同じこと？

四年生になり、新学期が始まったけれど、変ったのは教室だけで、友だちも担任の先生も同じだった。

三年生の学級がある校舎から、渡り廊下を通って東の校舎が四年生だ。机や椅子《いす》の高さも、ちょっとだけ高くなった。

小学校は真中に講堂があって、そこから廊下が東西南北に伸びている。講堂で行事があるときはその廊下に整列して順番に入っていくのだが、三年生は西側の廊下から入場していたのに今度は東側からだ。いつも使う校門も別になった。昼休みの遊び場所も、体育のあとの足洗い場も、三年生のときとは真反対。

新しく覚えることが増えた。心の中にあったものが失《な》くなっていく寂しさも、新子は経験した。

村上ひづる先生が、いなくなってしまうのだ。

ひづる先生がいなくなるということは、保健室に行ってお喋《しゃべ》りすることも、喉《のど》が痛いときにくれる水アメも、体温計を脇《わき》の下に入れてくれるときのひづる先生の匂《にお》いも、全部失くなってしまうということ。

校長先生がみんなにその報告をして以来、あちこちで、ひづる先生の婚約者について噂話《うわさばなし》が起きた。

大金持でハンサムで、ひづる先生の自宅まで押しかけてきて三日間もプロポーズした、とか、ひづる先生の両親も弟も一緒に東京に行くのだとか、いろんな噂に夢中になった。

ひづる先生の代りに五月から赴任する保健の先生は、すごくデブで年寄りだそうだ。新子は、ふうん、と言って聞いているが、ひづる先生がいなくなる、ということ以外はどうでもよくて、新子がどんなに考えても、そのことをやめさせる方法はないのだ。

学級の担任の花田《はなだ》哲《てつ》先生が、自転車をこいで家庭訪問に来たとき、新子は青い寒天の中にみかんの缶詰めを入れて固めたお菓子を出した。

「お、きれいな色だね」

大きい体で、低い声が部屋いっぱいに響く花田先生の顔も、去年と同じ。鼻クソを小指でほじくったり、ときどきオナラをして、出モノ腫《は》レモノ所カマワズ、と威張ったりするのは嫌だが、本当はやさしい先生なのだ。

長子が新子のそばで、通知表を開いている。

「算数は5ですが、ときどき変な質問をするって、どういうことでしょう。新子に聞いても、このとおりで、自分の質問なんか忘れてるみたいで……」

「いや、気にするほどのことじゃないんです。テクニックとしては、ちゃんと計算できてますし、計算力はあります。ただ、検算はちゃんとやらんといけんぞ」

と花田先生は新子の方を向いて言う。新子も、うん、と頷《うなず》く。

「うん、じゃないでしょ？」

「はい」

新子の返事は素早い。早く先生が帰ってくれたら遊びに出られるのに。

花田先生は、口の端からこぼれた寒天を拾って口に戻しながら言った。

「この前、面白い質問をしてきましてね。10引く3の答えは7だ、というのはわかるけれど、引いた3はどこに行っちゃうんですか、と言うんです」

「あらまあ」

と長子は新子を見た。新子も、その質問を思い出した。花田先生が、何か質問は？

と皆に聞いたので、手を上げて聞いてみたのだ。

「……引く、というのがどういうことか、良くわからない、と言うんです。足し算引き算はちゃんとできてるのに、引くという意味がわからない、というのは、ちょっと困りましてね。いや、青木さんのお父さんは大学の先生だし、お父さんなら、納得できる説明がおできになるかと思ったものですから」

花田先生は、そんなに深刻そうではなかったが、先生が帰っていったあと、長子は目を三角形にして考え込んでいた。

「遊びに行ってもいい？」

「ダメ。ちょっとそこに座りなさい」

ああ。シゲルとヒトシと一平と、缶蹴《かんけ》りの約束してたのに。

「引き算の意味がわからないなんて、どういうこと？」

「引き算の計算は、ちゃんとできるもん」

新子はしゅんとなった。どう説明したらいいのだろう。花田先生に説明しても首をかしげていたし、母さんもきっと困るだろう。

「引くというのは、ここに十個のおやつがあったとして……」

「おやつ、持ってこよう」

「カリントウならあるけど……」

　新子はまた、ネズミより早くカリントウを探し出してテーブルの上に持ってきた。そして十個を数えて並べた。

「この十個のカリントウから三個を引くと七つ残る。それのどこがわからないって？」

「その三個はどうなるの？　食べてもいい？」

「いいわよ」

　新子は三つのカリントウを口に放り込んだ。長子が頬杖《ほおづえ》をついて見ている。

「食べちゃった」

「でしょ？　引き算は減るってことでしょ？」

「でも、うちのお腹《なか》の中にある」

「そりゃ食べたんだもん、お腹の中よ。残りは七個で、答えも七個。どこがわかんないの？」

「そうじゃないのよ」

　ああ、新子の頭はまた、こんがらがってしまう。

「……残りはちゃんとそこにあるんだもんね」

「うん、あるわよ」

「でも、引かれた数字が、どこへ行くのか気にならないの？　母さんは」

「どうして気になるのよ」

「引いた数字は、消えちゃうの？」

「新子が食べたでしょ？」

「うん。だから三つのカリントウは心配ないの。ちゃんと食べたんだから。でも算数のときは、引いた数はどこに行っちゃうのかなあと思うと、引き算っておかしいと思う」

「おかしくないわよ。計算なんだもの」

「ねえ、引いた数って、どこへ行くの？」

長子は目のまわりをこすって考えている。

「ね、足し算はおかしくないの？」

「うん。だって、足した数がちゃんとあるんだから、安心できるもん。おじいちゃんとおばあちゃんと光子とお母さんとうちで五人でしょ？　父さんが帰ってくると一人を足して六人でしょ？　みんなちゃんといるから、足し算は大丈夫なの」

「……今度父さんが帰ってきたら、相談しようね」

「うん。カリントウ食べてもいい？」

「いいよ」

七個のカリントウを手に乗せて外に出た。

シゲルの家の前で、みんなが缶蹴りしていた。新子はカリントウを食べ終ったら仲間に入るつもりで、門のところでしゃがんで食べた。

遊んでいるのはシゲルとヒトシと一平とシゲルのいとこのヤマちゃんの四人。新子が加わると五人。だから足し算ならいい。でも誰かが引き算になったら……引かれた人は家に帰ったり風呂焚《ふろた》きの手伝いしたりする。そっちの方が気になる。

大阪に行ってしまったタツヨシ。東京にお嫁に行ってしまうひづる先生。引き算されても、消えちゃうわけではないんだ。

でも新子は、引き算を間違えたりしなかった。残った方の、どうでもいい数字を書けばマルがもらえるのだ。先生もお母さんも、それで安心する。

「あれ、新子、来てたんか？」

缶が転がってきたとき、シゲルが新子に気がついた。

「家庭訪問の先生が、さっき帰ったの」

「オレんところも、さっき来て帰った」

と一平が走ってきて言った。

「……先生が父さんと話してるのをこっそり聞いたけど、ひづる先生はこっちに恋人がいたんだって」

「ほんと？」

「でも、奥さんがいる人で失恋して、東京の人と結婚することにしたんだって、父ちゃんがこっそり話してた。花田先生も、そのこと知っとったぞ」

一平の家は駅前の映画館なので、父親はいつも首にタオルを巻いて家にいる。

「誰に失恋したの？　うちがカタキウチしたげるのに」

新子は腹が立ってきた。失恋しなければひづる先生は東京に行かなくてすんだのかもしれない。

「失恋の相手はわからんかった」

「ひづる先生の家に行ってみようか」

学校には来なくなったけど、まだ東京には行っていないはずだし、六年生の子が何人かで押しかけてひづる先生が作った押し花をもらってきたと言っていた。

あくる日、ひづる先生の家を訪ねたのは新子と島津貴伊子だけだった。男の子たちは放課後のドッジボールの方が良くなってしまった。

貴伊子はひづる先生が失恋した話を知らなかった。失恋と結婚が一緒になったら、きっと大変だろうと言った。

「今市《いまいち》の魚屋から曲がって……本屋があって……あ、ここだ」

古い家で表札に村上と書いてある。

「先生、家にいるかしら」

「呼んでみよう」

二人は二階に向かって、ひづるセンセーイ！　と声を張り上げた。返事がない。もう一度呼んでみたけれど駄目だった。

「もう東京に行っちゃったかもしれないね」

二人ともがっかりして歩き出したとき、本屋の前で車が止まった。

あ、ひづる先生。

駆け出そうと思ったけれど、足が止まって動かない。ひづる先生が泣きながら車を下りて走ってきたからだ。

車の中には男の人がいた。痩《や》せて顔の長い男の横顔が見えた。

「ひづ……」

新子と貴伊子の目の前を通っていくとき、貴伊子が先生の名前をそっと呼んだ。でもひづる先生は、貴伊子の声が聞こえないみたいに、走って通り過ぎて家に入っていった。

「行こう」

と貴伊子が言い、新子も、うん行こう、と言った。

それから来た道をとぼとぼと歩いて学校まで帰ってきてブランコに腰かけた。

「さっきのは、ひづる先生じゃないみたい」

と貴伊子がぽつりと言った。

「失恋した人が、車の中にいた男の人かな」

「ハンサムだったね」

ハンサムかどうかはよくわからなかったけれど、保健室でひづる先生がニコニコしながら話したラグビーやってる大きい人でないのはたしかだった。

「泣いてるひづる先生、初めて見た」

「うちも初めて」

それにきっと、これが最後だ。ひづる先生は幸せになれるのかしら。

「……せっかく会いに行ったのに」

と新子は、ちょっとくやしかった。ちゃんと立ち止まって、二人を見て欲しかった。

ピンクの唇と、ダイヤモンドの指輪と、校長先生が全校児童の前で話した「御結婚のため」という言葉が、ブランコと一緒にユラユラ揺れている。黄色いような薄紫のような夕空が、急に顔の前に近づいたり、遠ざかったりする。マイマイの毛が、ブランコがあがるときは顔にくっつき、さがってくるときはふわりと顔から離れた。

「ねえ貴伊子」

「うん？」

貴伊子のブランコがあがると新子はさがる。新子がさがったときは貴伊子があがる。

「……うち、引き算の計算はできるけど、引き算の意味が全然、わからんの」

と新子は言った。

「わからんって？」

と空の高いところで貴伊子が問い返す。

「十引く三は七……でも、七はちゃんと残ってるからいいんだけど、引いた三は、どこに行くのか、気になる。消えちゃうのかなあ。そういうこと、気にならん？」

「……うちも気になる」

と貴伊子が新子よりずっと下の方で言った。

「……引いた三は、どこに行くと思う？」

「……引いたものは、どっかにあるのよ」

「そうよね。絶対にどっかにあるよね」

新子は初めてわかってもらえたと思った。貴伊子は新子より成績が良い。その貴伊子が賛成してくれたのだ。

「うちのお母さん、消えたんじゃなくて、別のところに行っただけだもん」

ああそうだ、貴伊子の家族は三人から一人を引いて、今は二人なんだ。

「そうよね、貴伊子の家族は少なくなったけど、その分、天国の人数が増えたんよね」

「うん、引き算したら、別のところで足し算になるんだと思う」

これですっきりだ。新子は急に元気が出た。引き算の意味がようやくわかった気がした。

「引き算は、足し算なんだ」

「うん、引き算は足し算と同じことなんだ」

タツヨシは新子のまわりでは引き算、でも大阪では足し算。ひづる先生も、保健室では引き算だけど、東京ではきっと足し算。

「こらあ！　居残りしてブランコで遊んでるのは誰だぁ！」

教員室から教頭先生が怒鳴ったので、とび下りて二人で走った。

22　貴伊子と宏子が大喧嘩《おおげんか》した

学級の中でよそ見が多い子を三人あげたら、必ず新子は入っていた。ごそごそする子を三人あげても入っている。

いつも花田先生に、

「青木さん、ちゃんと前を向いて」

と注意される。

でも、よそ見やごそごそを何のためにするかは、誰もわかってくれなかった。

窓の外が美しすぎるからだ。

晴れの日は、金色の粉が校庭の松や花壇や石の上に、次から次へと降っている気がして、思わず体をねじ曲げて、どこから降ってくるのかたしかめたくなった。雨の日も同じで、ちょっとだけ暗い空も大好きだ。

強い雨のときは外を見ないけれど、やわらかい霧のように細かく降っているときは、うっとりと見てしまう。

濡《ぬ》れた葉、いつもより色が濃くなった木の幹、陽がさしたら湯気を立てそうな花壇のスイートピーの花。チューリップは、葉っぱと茎のあいだに、水の玉を抱え込んでいる。

ああ、早く外に出たい。

教室の中にはきれいなものは何もないけど、外の景色は、何もかもが水気を吸って輝いている。

学校からの帰り道に、通学路からはずれて川の土手を歩いたり、田の畝道《うねみち》にしゃがみ込んだりしてしまうのは、友だちと遊ぶのが目的じゃなくて、うっとり見てるだけでいいの。でもそのうち誰かが声をかけてきて、一緒に遊んでしまうけれどね。

給食当番の日は、食器を片づけて一刻も早く外に出たい。ゴム跳びで、今日こそ肩の高さを跳びたい。

跳ぶのに失敗したら、ゴムの持ち手にならなくてはならない。脇《わき》の高さまでは跳べるのに、肩だとどうしても片足残ってしまう。それでいつも交替させられる。背の高い友だちとゴム跳びするのは、だから損なのだけど、背の低い子供たちは五ヶ石《ゴキイシ》で丸くなって遊んでいる。ゴム跳びだと、大きい人に負けるのがわかっているから、つまらないのだ。

　それにゴム跳びは場所取りが大変だった。石ころの少ない、平らで少し広い場所は、五年生や六年生が取ってしまっている。四年生の新子たちがゴム跳びできるのは、松の根っ子が盛り上がって、草が生えている校庭の端っこだった。

　カレーシチューが入っていた大きいアルミのバケツに、汚れた食器を入れて、当番の男の子と運んでいくと、ゴムのエプロンを掛けた給食のおばさんが、ごくろうさま、と言って受け取ってくれた。それで当番のお仕事は終り。

　エプロンと三角巾《さんかくきん》を外しながら走って教室に戻り、それから外にとび出した。

「ゴム跳び、入れて！」

　と走っていくと、金山宏子と貴伊子が、頭から砂をかぶって、睨《にら》み合っていた。二人とも目が真赤。でも泣いてはいない。

「どうしたの？」

　新子が声をかけると、宏子が貴伊子の襟を摑《つか》んで前に引き倒した。貴伊子は顔を地面にぶつけたが、すぐに起き上がり、宏子の足をすくった。宏子は松の木に背中をぶつけて横倒しになった。

　十人ぐらいの子供がまわりを囲んで、みんなあっけにとられている。

シゲルも一平もヒトシもいた。

立ち上がった宏子の鼻から、血が流れている。貴伊子の頬も、砂粒がめり込んで赤くなっていた。

花田先生が、コラァ、と怒鳴りながら裸足《はだし》で走ってきた。それから二人のあいだに割り込んで二人の髪の毛を摑んだ。

「何やっとるんだ。原因は何だ！　言ってみろ」

と摑んだ髪の毛を揺さぶったが、二人とも黙っている。

「ちゃんと言ってみろ。言わないなら、教員室に立たせるぞ」

どちらも絶対に口を開かないと決心したみたいに声を出さないで、ただ相手を睨んでいるので、ついに二人は教員室に連れていかれてしまった。

新子がついていこうとすると、来んでもいい、と怒鳴られた。

ゴム跳びのゴムは貴伊子が持っていってしまったので、石蹴《いしけ》りかドッジボールで遊ぶしかないのだが、何だかみんなションボリして立っている。

「ねえ、どっちが悪いの？」

とシゲルに聞いた。

「悪いのは……宏子だ」

「なんで？」

「宏子が貴伊子に、東京に帰れって言った」

　転校してきて、まだ一年だ。貴伊子の母親が死んでしまったことだって、ようやく最近になって、みんなが知ったのだ。貴伊子は自分から話をしないので、友だちも少ない。

「それは宏子が悪い」

　と新子は貴伊子に同情した。

「宏子は貴伊子の父さんが、地元の人をバカにしてると言ったんで、貴伊子が怒り出した」

　一平がシゲルにかわって説明する。

「……でもな、それは本当だとうちの父ちゃんも言ってた。一番悪いのは、貴伊子の父さんで、自分の会社の人間以外は、病気になっても追い返すって」

「お医者さんなのに？」

「人を見殺しにする男だと言ってたぞ」

「貴伊子が可哀《かわい》そう」

「でも貴伊子も悪い」

「どうして」

「宏子の家は、汚い金持で、お金もうけのことだけしか考えない親だって言い返した」

「貴伊子が？」

「父さんの悪口言われたんで、すごい顔になった」

何があったんだろう。新子たちの知らない、大人の喧嘩があるのかもしれない。

そのときは新子にもわからなかったけれど、午後の五時間目の図工のとき、一平が耳打ちしてくれた。

「あのな。宏子の父親と貴伊子の父親は、ＰＴＡのことでずっと喧嘩してたんだって」

貴伊子と宏子が教員室から帰ってきたのは、図工の時間の最後の方だった。二人の頭には、まだ砂が残っていた。貴伊子の頬には絆創膏《ばんそうこう》、宏子の鼻には脱脂綿。みんながジロジロ見るので図工の先生は大声で言った。

「よそ見しないで、ちゃんと色を塗りなさい。よく見て色を感じるんだ」

真中の机の上には、ラムネのビンが三本。一本は立ってて二本は転がっている。ラムネの色は青だけど、灰色にも見える。

貴伊子は新子の隣の席で画用紙を広げたけれど、輪郭もとらないで、いきなり黒いクレパスでラムネを描いた。そして黒で塗り潰《つぶ》したので、炭が転がっているような絵になった。先生は知らん顔して通り過ぎた。

突然、新子の耳に、東介の声が聞こえてきた。どうしていいかわからなくなったときは、自分の目でちゃんと見るんだ。

ようく見るとラムネのビンは、青でも緑でも黒でもなく、それらが一緒になったような、海の水みたいな色。

その日、校門のところで金山宏子と会った。シゲルや一平と一緒に、宏子を待っていたのだ。貴伊子は先にさっさと帰ってしまったあとだった。

「この前、シゲルと一緒に金山食堂でハンバーグ食べてきた」

と新子は言った。そして、おいしかった、と付け加えた。お昼休みからずっと、怒った顔のままの宏子が、ちょっとだけ笑った。

宏子とはあまり話をしたことがなかったので、笑ってくれたのが嬉《うれ》しい。

「貴伊子のお父さん、ほんとに悪い人なの？」

「うん、食堂のお客さんが、あんな悪い医者はいないって。予約をとらないで行ったら、怒鳴られて、来るなって言われたの。その人、死にそうだったんよ」

「……でも、宏子ちゃんが見たの？」

「食堂のお客さんが言ってた」

「自分の目で見た方がいいって、うちの父さんが言ってたよ」

宏子は途方にくれて新子を見返した。

「これから行って、たしかめてみよう」

今度はシゲルと一平が首をかしげた。

「あのね……ええと……シゲルが盲腸になるの。盲腸だと、放っといたら死んじゃうでしょ？　いいね？」

「オレ、盲腸の手術した」

「あ、そうか。じゃあ一平が盲腸になる」

「オレ？　盲腸？」

「うん。痛い痛いって言えばいい。盲腸は男の子の方がかかりやすいの」

ちょっとだけ嘘《うそ》ついたけど、しかたない。

「ともかく行ってみよう」

紡績会社は埋立地に建っていて、貴伊子の父親が医者をしている診療所は、会社の建物とは別に、集会所のようなビルの一階にある。その裏側は社宅になっていて、社宅には何度も来たことがあった。

貴伊子の父親に会うのは、みんな初めてだ。でも、ちゃんと自分の目で見なくっちや。

診療所の入口に立って深呼吸した。マイマイを引っぱって体をぶるるると震わせる。タツヨシと一緒に港町のバー「カリフォルニア」にカタキウチに行ったときも、ぶるると震えた。ぶるる、は何度も経験があった。

「いいね一平、盲腸だよ、すごく痛いんだからね」

「うん」

一平は本当に病人みたいな青い顔になっている。

新子は扉を開けた。受付の看護婦さんが怖い目で新子を見た。ひづる先生のかわりに来たデブの先生よりもっと怖い目だ。

「あのう、大変なんです！」

新子のうしろから、三人が入ってきた。新子が一平を睨むと、一平はヘナヘナと膝《ひざ》をついた。

「……島津先生、おられますか？」

「あんたたち、社宅の子？」

「いいえ、社宅の子の友だちです」

「ここは、会社の診療所なのよ？　それに島津先生は今、往診中なの。誰かケガでもしたの？」

「いえ……だったらまた来ます……」

「島津先生に、何か用事？」

四人はしかたなく外に出た。ちょっとだけ診療所の空気を吸って出てみると、海の匂《にお》いがした。目の前がキラキラと光ってて、鼻の先が暖かい。

そのとき、四人の前に自転車がとまった。青いカーディガンを着ているけれど、荷台には革のカバンがくくりつけてある。貴伊子の父親だとすぐにわかった。

「島津先生ですか」

「はい。君たちは？」

「あのう、ここにいる一平が盲腸なんです。死にそうなんです」

島津先生は一平を見た。

「お腹《なか》が痛いの？」

「あ、そうです」

一平は怯《おび》えた目で返事した。

「中に入りなさい」

「あ、でも、手術するんですか？」

「盲腸かどうか、診てみないとわからない。この子の家はどこ？」

「ええと、駅前です。社宅の子じゃありません」

「ともかく入りなさい。何かへんなもの食べたんじゃないのか？」

やさしい人だ。宏子は島津先生を見上げてうっとりしている。大慌《おおあわ》てなのは一平で、
もう治りました、などと小さい声で言っている。

「もう治ったの？　一平」

新子が大声で聞くと一平も大声で、

「もう痛くありません！」

と言った。

それから皆で、ありがとうございました、と口々に言って走って逃げた。島津先生
は、おい、おい、と呼んでいたけれど、振り向かずに走った。

建物が見えなくなったところで、ハアハアと息を吐《つ》いた。

ほらね、と新子は宏子に言った。

「会社の人間以外は、見殺しにするって嘘でしょ？　追い返したりしなかったよ」

宏子はしょんぼりした。

「貴伊子のお父さん、カッコイイね。うちの父ちゃんはエプロンかけてて……ケチャ

ップとかソースとか、いつも汚いの……」

泣き出した宏子に、シゲルは言った。

「でもオムライス、うまかったぞ」

「うちもハンバーグ、美味《おい》しかった」

「ほんと?」

宏子がちょっとだけ顔を上げた。

箱の中にお札が山みたいにあったことは言わなかった。あのとき、新子は、お札の山が羨《うらやま》しかった。だから今、宏子が貴伊子の父親を見て羨しい気持になったのも、良くわかった。

さあ今度は貴伊子の方だ。

貴伊子を金山食堂に連れていって、ケチャップとソースで汚れたエプロンをかけた宏子の父親に会わせるんだ。ついでにお店でハンバーグを食べたら、貴伊子も二度と宏子の父さんの悪口を言わなくなるだろう。

新子はマイマイの毛を引っぱった。

イテテテ。手の平に毛が一本。

マイマイ様。貴伊子を金山食堂に連れていって、自分の目で宏子のお父さんを見て、ついでにハンバーグが食べられる方法はありませんか？　貴伊子だけでなく、うちも一平もシゲルも一緒に食べられる方法があったら教えて下さぁい……。

23　お米一升もって家出した

宏子を貴伊子のお父さんの診療所に連れていって、貴伊子のお父さんが悪いお医者さんじゃないことがわかったのは、本当に良かった。父さんがいつも言っていたけれど、迷ったときはちゃんと自分の目で見てたしかめるのが大事なんだ。

貴伊子のお父さんの悪い噂《うわさ》も、宏子がちゃんと自分の目でたしかめたから、それは単なる噂だとわかった。

新子は胸を張った。宏子は新子に約束してくれたんだ。

「あした学校に行ったら、島津貴伊子に謝るね。松の木のところで引っぱって倒したりしてごめんね、って、ちゃんと言うからね」

宏子が謝れば、きっと貴伊子も宏子に謝るだろうと新子は思った。

二人が握手する姿が空に浮かんだ。その上空をまん丸い目のアトム大使が飛んでいく。いや、アトム大使じゃなくて、飛んでいるのは新子自身だった。一平もシゲルも、なんだかほっとしてフニャフニャ笑いながら飛んでいる。

新子が両手を広げてぶうんぶうんと飛びまわると、みんなも同じ恰好《かっこう》をした。

四人はしばらく海岸で遊んだ。

紡績会社の煙突が、港の右の方にたくさん立っている。ノコギリのように三角形に尖《とが》った屋根も、夕陽の中に黒い影をつくっていた。あの上まで、本当に飛んでいってみたいなあ、と思った。

スキップしながら家に帰ってくると、

「新子、こっちに来なさい」

長子がすごい顔で待っていた。目のまわりが真赤で、怒っているのか泣いているのかわからない顔だ。ともかくいつもと様子が違う。長子の横に立っている初江も、口をへの字にして、頬っぺたをふくらませていた。

「ここに正座しなさい！」

ああ、正座は嫌だ。だって膝《ひざ》こぞうに畳の跡がつくんだもん。それに、今日はテストを持って帰ってきたんじゃないから、叱《しか》られる理由はテストじゃない。誰ともケンカしなかったし、宏子と貴伊子のケンカを仲直りさせたんだから、なぜ正座なのかわからない。

新子も初江のように口をへの字に曲げて、しかたなく正座した。お腹《なか》がすいて、おやつを食べたいのに、それどころじゃなさそう。

「新子、あんたは今日、島津先生の診療所に行ったでしょう」

あ、どうして母さんがそんなこと、知ってるのかな。でも、バレてるんだからしかたがない。うん、と頷《うなず》いた。

「一平君が盲腸だって、先生に言ったの？」

「ああ、あれは……」

「なに？　そんな小さい声じゃ聞こえないでしょ？」

「あの、あれはぁ」

「急に大きい声出さないで」

じゃあ、どうすればいいの？

「島津先生があっちこっち電話かけて、お腹が痛い子が来て診察しようと思ったら、お医者さんが怖くなってみんな急に帰っちゃったけど、もし本当に盲腸だったら大変だからって……学校に電話して、でも誰だかわからなくて、でも看護婦さんが、額の毛がピンと立ってる女の子がいたって覚えてたの」

うわぁ。

新子は慌《あわ》ててマイマイを押さえた。でももう遅い。防空壕《ぼうくうごう》探険のときも、このマイマイが覚えられてて、山賊のおじさんがやってきたけれど、今回もだ。

「……お医者さんを騙《だま》すなんて、なんてことしたの？　一平君、盲腸なんかじゃないんでしょう？　新子、あんたが、こんなこと考えついたのね？」

そういえばそうだ。島津先生が宏子の言うように、会社の人以外は見殺しにするお医者さんかどうか、試そうと思ったのは新子だった。でも、あのあと、お腹が痛い子のことが心配で、あっちこっちに電話したんだ。そんなこと想像もしないで、海岸で遊んでいた。

やっぱり貴伊子のお父さんは、立派なお医者さんだった。

「なにをニヤニヤしてるの？　ちょっと新子、あんたは立派な大人に嘘《うそ》ついて騙したのよ。なぜそんなことしたか、言いなさい！　そんなこと面白がる子供は、心がねじれてるのよ」

「……面白がったんじゃない」

「じゃあ何なのよ」

どう言えばいいんだろう。新子の心もマイマイも、居心地が悪くなってモゾモゾしてしまう。

「実験したんだもの」

「実験?」

長子の体が跳び上がった。ああ、実験はまずかった。でも父さんが自分の目で顕微鏡を覗《のぞ》いてたしかめるように言ったんだもん。

「なんて酷《ひど》いことを思いつく子かしら。大人を実験するなんて」

長子は泣きそうな目になった。

「……でも父さんが、そう言ったんだもん」

「父さんが、そんなこと言うわけないでしょう。父さんが家にいないからって、父さんのせいにするのは大嘘つきよ」

初江も眉間《みけん》に筋を立てて、新子の肩を摑《つか》んだ。

「ねえ新子、島津先生も学校の保健の先生も、みんなが大変だったのよ。一平のお父さんは本当に一平がどこかで苦しんでるんじゃないかって、話がどんどん広がっちゃって……なぜそんな嘘ついたの?」

どう言えばいいのか、わからなくなった。だって、宏子と貴伊子が取っ組み合いの喧嘩《けんか》をした理由から話さなくちゃならないんだから。

新子を睨んでいる長子の目から、ついに涙が流れてきた。

おじいちゃんは奥の部屋で病気で寝てるし、父さんはいないし、シゲルは家に帰っちゃったし、誰も助けてくれない。光子だけがさっきから、一人でおせんべいを齧《かじ》っている。カリッ、カリカリ、という音を聞いていると、新子も涙が溢《あふ》れてきた。わあっ、と声をあげて泣きながら、

「父さんが……父さんが……」

と言った。

父さんが言ったとおりに、自分の目でたしかめようとしたのに。

すると長子の顔が、鬼のように真赤になった。

「あんたみたいなガンコな子は、うちの子じゃありません。お米を一升だけあげます。これを持ってこの家を出ていきなさい！」

長子は米びつから枡《ます》でお米を一升、リュックサックに入れると、ベランダに放り出した。新子もしかたなく、ベランダに出た。

「素直な気持になったら入ってらっしゃい」

と閉めたガラス戸の内から長子が言った。

新子はお米の入ったリュックをお腹に乗せて蹲《うずくま》った。ベランダのコンクリートが、

最初は暖かかったのにどんどん冷たくなってきた。

空も暗くなってきて、家の中の明かりがベランダに橙色《だいだいいろ》の光を投げかけた。夕ごはんの箸《はし》や茶碗《ちゃわん》の音が聞こえる。

また光子がガラス戸を開けて言った。

「おねえちゃん、入ってきてごはん食べなさいって」

新子のお腹は、ぐうぐう言っているけれど、光子に呼ばれて行くのはいやだ。母さんが迎えに来て、ごめんね新子、と言ってくれて、抱きしめてくれたら、すぐに夕ごはん食べるのに。

でも大人は誰も、ベランダの新子を見に来てくれない。光子も、声だけかけるとそのまま行ってしまった。

やっぱりうちは、よその家の子供かもしれん。「エデンの東」のジェームス・ディーンはお父さんに嫌われたけど、うちは母さんに嫌われてるんだ。

光子の方が可愛《かわい》いし、性格も素直だし、意地っぱりじゃないし、前髪だってちゃんときれいに下りて、おかっぱが似合うし。

本当は母さん、うちがどこかへ行ってくれた方が嬉《うれ》しいんだ。

ラジオドラマが始まった。ちゃんとは聞こえないけど、音楽はもう耳にタコだ。

新子は突然、立ち上がった。そしてお腹の上に抱えていたリュックを背負った。足は裸足《はだし》だけどしかたない。

ベランダからトンと下りると、土は思ったほど冷たくなかった。コンクリートよりずっとやさしくてふかふかしている。

このまま家出して、遠くへ行っちゃおう。どこかでやさしいお金持の人が拾ってくれるかもしれない。でもサーカスの人さらいには気をつけなくっちゃ。

歩き出すと、新子はちょっとだけ元気になってきた。

でこぼこの土の道まで来て振り向くと、新子の家が黒いかたまりになって麦畑の中に舟のように浮かんでいる。台所のところに灯りがついて、全体がゆらゆらしてる気がした。

西の空を見ると、もう真暗かと思っていたが、下の方だけ、黄色と緑色が筋になった光が、海の水のように光っている。

さよなら、おじいちゃん。さよなら光子。それから母さんもおばあちゃんも、さようならだ。

涙がこぼれそうになったので、マイマイをギュッと引っぱった。マイマイを引っぱったまま、足を高く上げて歩いた。オイチニ、オイチニ。掛け声をかけると、涙が頰っぺたからどんどん流れてきた。

お腹がすいたなぁ。なんでこんなことになっちゃったんだろう。宏子と貴伊子を仲直りさせたかっただけなのに。父さんが自分の目でたしかめろと言ったから、そうしただけなのに。

でも、貴伊子のお父さんがいい人すぎて、一平のことを心配しすぎてしまったんだ。往還まで来てしまった。右に行ったら町の方へ、左の方に歩いたら、山を越えて隣の市へ行ってしまう。

どっちも嫌だったので、往還をつっ切ってまっすぐ歩いた。

歩くたび、背中のリュックが揺れた。お米が一升入ってる。がさごそと音がした。左側に市営住宅が並んでいる。タツヨシが住んでいた家にも明かりがついていた。でももう、タツヨシは大阪に行ってしまっていない。タツヨシと一緒に、港町の「カリフォルニア」というお店にカタキウチに行ったのを思い出していると、タツヨシの家の隣の庭で、おばさんが七輪で火をおこしていた。ウチワでバタバタ煽《あお》いでいる。タツヨシが大阪に行ってしまった日に会ったおばさんだ。

「ごめん下さぁい」

と道路から声をかけた。おばさんが立ちあがって新子を見た。

「あのう、お米をたいて、ごはんを食べたいんです」

おばさんはつっかけの音をたてながら道に下りてきた。そして新子の足を見て、あらあ裸足じゃないの、と言った。

「家出してきたんです。七輪でお米をたいてもいいですか？　リュックに入ってるんです」

「お腹が空《す》いてるんだったら、ふかし芋があるよ」

「下さぁい」

おばさんは家の中からふかし芋を二個も持ってきて新子にくれた。

ふかし芋を一個食べると、体中に力が溢れてきた。これからタツヨシがいる大阪にだって行けそうな気分だ。お芋はもう一個ある。

「さ、それ食べたらお家《うち》に帰るのよ。いいね？」

「はあい。ありがとうございます。お米はいりませんかぁ？」

「ちゃんとお家に持って帰んなさい」

おばさんが出してくれたゴムゾウリをはいて、また歩き出した。でも、家の方へではない。ゴムゾウリのペタペタという音が面白くなった。

踏切りまで来た。タツヨシとさよならした踏切りだ。線路の真中に立って右と左を見た。タツヨシが乗った列車が行ってしまった方が大阪なんだ。でも遠くは真暗で何も見えない。踏切りの灯りが線路を照らしている。線路は銀色に光って、まわりの草を浮かびあがらせていた。

あ、ヘビイチゴの花が咲いてる。ヤブニンジンもある。この小さな赤い花は何だったっけ。父さんが教えてくれたけど、名前を忘れちゃった。どんな草にも雑草にも名前があって、名前をつけたときから草や雑草は人間の友だちになるんだって、父さんが言った。名前を忘れちゃったら、友だちじゃない。ごめんね。

踏切りを渡ってずっとずっと歩いていくと草っぱらがあった。道は小さくなって草っぱらの中を海に向かっていた。

さっきは暗かったのに、まわりの草もよく見える。あ、お月さんが出てる。

新子は草の中に座って、もう一つのふかし芋を食べた。お腹がいっぱいになると寝ころがりたくなった。

リュックが邪魔だったので下ろして、その上に頭を乗せた。するとお月さんが、すぐ目の前にいた。

風がふわふわとやってきて、マイマイが動いた。マイマイの根元がちょっと痛い。リュックの中のお米が、頬っぺたのすぐ近くでもぞもぞした。

ああ、家出しちゃった、もう帰れないんだと思うと、急に涙が出てきた。やっぱり帰りたい。お家に帰りたい。でも帰れない。このお米、どうしよう。眠くなっちゃった。

……光子の声がする。お姉ちゃーん、と呼んでいる。長子の声もする。新子ぉー、新子ぉー。

だんだん近づいてきた。はっと目が覚めた。お月さんが、うんと遠くに行ってしまっている。びっくりして起き上がると、懐中電灯の明かりが二つか三つ、バラバラと近づいてきた。

「母さあん！」

と新子も呼んでいた。リュックを放り出して走り出した。長子の体にぶつかった。ごめんね新子、ごめんね。長子は泣きながら新子を抱きしめた。光子と初江も新子に抱きついた。

家に帰る途中で東介も走ってきた。農協から電報を打ったので、大学から大急ぎで帰ってきて、史跡公園の方を探していたのだ。

「本当に家出するバカがいるか」

ゴツンとやられたけど、東介のゴツンはあまり痛くなかった。撫《な》でるみたいだった。

ちょっと恥ずかしくなって、新子はゴムゾウリをわざとペタペタ鳴らして歩いた。

24　青ひげなんて怖くないもん

　光子が幼稚園に通うようになって、新子は毎朝、光子と一緒に家を出る。幼稚園は小学校のすぐ隣なので、光子が幼稚園に入っていくのを見届けて校門をくぐった。

　光子ときたら、絶対にまっすぐには歩かず、ジグザグに走るか、道端にうずくまって動かなくなるかどっちかで、毎朝五回は喧嘩《けんか》になった。

「学校に遅れるから、うち、先に行く。光子は勝手にしなさい！」

　知らん顔してさっさと先に行くと突然、飛行機の恰好《かっこう》でうしろから走ってきて新子にぶつかり、ぶうん、ぶうん、と踊りながら角を曲がってしまう。レンギョウが真黄色に咲いていた家の石垣の向こう側に隠れて待っているのだ。

　石垣の下から光子の足が覗《のぞ》いているのが見えるけれど、知らん顔してどんどん歩いていくと、背中にコツンと小石があたった。

「光子ぉ！　道草しながら歩いちゃいけんって、母さんが言ったでしょ？」

光子はお饅頭《まんじゅう》みたいなまん丸い顔で、フニャフニャと笑う。そうかと思うと、ダァッ！　と掛け声をかけて木切れの刀を振りかざして切りかかってくる。

いつもこんなふうだから、日曜日が待ち遠しかった。おまけに今日は、光子の幼稚園の遠足で、長子も初江も朝から出かけていない。

小太郎と二人きりだが、小太郎はこのところ喘息《ぜんそく》がひどくなって、夜中も咳込《せきこ》んでしまい、お昼間は布団《ふとん》の中で眠ったり起きたりしていた。

新子は押入れ探険することに決めて、小太郎に声をかけた。

「おじいちゃん、シゲルのところに遊びに行ってくるね」

おう、ごぼごぼ、と咳みたいな返事があった。

でもシゲルと遊ぶより楽しいことが待っているのだ。

小太郎が寝ているのは仏壇がある西の部屋だが、東側の畳の部屋には大きな押入れがあって、いろんな物が詰まっている。

新子が覗《のぞ》いているところを初江が見つけて、子供には面白くない物ばかりだから、覗くのやめなさい、と追い払われた。

あのとき、新子の頭には、大きな疑問が湧《わ》いたのだ。子供には面白くない物って、何だろう。いつか絶対に見てやるぞ。

そのいつかが、ついにやってきた。

新子がそうっと襖《ふすま》を開けると、中から宝物の匂《にお》いがした。古い掛軸や着物のナフタリンの匂いに似ているけれど、少し違う。

押入れの上の段にはぎっしり物が詰め込まれているけれど、下の段には座布団と毛布が入っていた。

壁の方に木箱が立てかけてあって、本がぎっしり入っていた。その手前に緋色《ひいろ》の反物がどんと置かれている。初江や長子がモミと呼んでいる薄い絹で、着物の裏地に使うものらしい。

引っぱり出して反物を転がすと、その緋色は窓から入ってくる光に大喜び、ふんわりと空気を孕《はら》んで川のように広がった。

わあ、何てキレイ。

新子はモミの川で泳ぎたくなって、緋色の中に寝転ぶと、手や足を動かした。首や胸や腕に薄い絹がくっついてきて、いい匂いがした。

子供には面白くない物？　これが？　こんなにキレイでいい匂いがするのに。麦畑の中に沈み込んでいると、青ぐさくて甘い麦の息にうっとりしてしまうけれど、あの麦の息と同じくらい、モミの匂いも好き。

きっともっとたくさん、子供には面白くない物が入っているんだわ。

新子は押入れに頭をつっこんだ。

本が入った木箱の上に乗っているのは何だろう。平らな紙の箱で、表に浮世絵、と書いてある。

赤い絹の上に持ってきて箱のフタを取ると、和紙に刷った古い絵が何十枚も入っていた。富士山や木の橋や滝や柳の木が刷ってあるけれど、チョンマゲの男が裸足《はだし》で走っていたり、小舟の船頭さんが藁《わら》の雨合羽を着ていたり。大昔の風景だ。

でも、その風景に引き込まれそうで面白い。

次々にめくっていくと、あ、突然、女の人と男の人が手や足を絡《から》ませた絵が出てきた。女の人は着物の裏が真赤で、足がその中から大根のように伸びていて、小さな足首や足の指がくっついている。男の人は女の人をうしろから抱えているけれど、男の人の足もへんてこりんな方向を向いている。

何だろ、これ。

右に回したり左に回したりすると、絵の中の二人はダンゴムシみたいに転がった。

もっと面白いものはないかな。

押入れの中の本を一冊一冊、手にとってみた。すごく古い本ばかりだけど、背中に

「児童文庫」と書いてある。児童は子供のことだから、きっと子供用の本なんだ。でも表紙が破れているのもあるから、母さんが子供のときに読んだものなのかな。

『文明の利器』『海の謎《なぞ》』『旭日《きょくじつ》の子』とか、面白くなさそう。

ええと、ええと……

「あ、これ何だろう」

『青ひげ』

新子は、へんな題名の本を手に取って、最初のページを開くと、西洋のお城の絵があった。これなら面白そうだ。

新子は押入れの下の段にもぐり込んだ。毛布の上に座布団を並べると、秘密のベッドができあがった。

何だかワクワクした。襖を閉めると真暗なので、十センチだけ開けておくと、古いお城の小さな窓から光が射《さ》し込むみたいで、ここが押入れだとは思えなくなった。

射し込む光の中で『青ひげ』を読みはじめた新子だったが……。

新子の呼吸は騒がしくなり、胸のドキドキは大きくなり、額からは汗が垂れてきた。

それはとんでもない物語だった。漢字にはふりがながついているし、絵も黒白だけどたくさん入っているので、どんどん読んでいくことができた。途中でもう止《や》めようと、何度もページを閉じたけれど、止めることができない。

ある古いお城の王様には、青いひげがあり、大そうなお金持だった。

あるとき馬車で城下の貧乏な家にやってきて、その家の娘をお嫁さんにもらいたいと言ったので、父親は大喜びで娘を王様に差し上げることにした。

父親は娘のかわりにたっぷりとお金をもらったので昼間から酒を飲みはじめた。

しかし娘は不安でしかたない。何人もの娘がお城に連れていかれたまま帰ってこないのを知っていたからだ。

娘の三人の兄たちも、妹が心配でたまらない。でも、王様と父親の考えにそむくことは許されなかった。

いよいよお城に連れていかれる日、娘は兄たちにそっと言った。

もし私の身に怖いことがあったら、お城の窓から大きい声で呼ぶから、きっと助けに来てね。

兄たちは、必ず助けに行くと誓った。

三人の兄たちは、とても立派に美しく描かれていたけれど、王様は怖い目とヘビがトグロを巻いているようなヒゲが描かれているので、悪いやつだと新子にもわかった。

でも、青いヒゲって、見たことがないけど、気持悪そうだなぁ。

そうして娘はお城に連れていかれるが、そこには目もくらむようなごちそう、家具、絵や鏡があり、たくさんの家来が働いていた。

さすが王様の暮しは素晴しい、と娘はうっとりしたが、家来たちは男も女も下を向いたまま、新しい妃《きさき》と目を合わそうとしなかった。お祝いの言葉もなく、ただ青ざめた人形のように働いているだけ。

ああ、何だか大事件が起きそう。新子は一度、本を閉じて、またこわごわ開いた。本の紙はザラザラで茶色がかっているけれど、それは青ひげのお城の雰囲気にぴったりだ。

青ひげは娘にとてもやさしかった。愛の言葉をたくさん言い、娘の気持も打ちとけてきた。

ある日、青ひげはずっしりと重い鍵《かぎ》の束を娘に手渡して言った。

この城はすべてそなたのものだ。どの部屋も自由に入ってよろしい。ただ、この一番大きな鍵だけは使ってはならない。

そう言って青ひげは出かけていった。

さあ娘は大喜び。このお城にはどれほどの宝物があるのか見当もつかない。

一部屋一部屋、鍵で開けて見ると、そこには世界中の金銀パールを集めたほどの財宝が置かれていた。

これが全部私の物なのね。

娘は有頂天になった。

そして最後の大きな鍵だけが残った。まだ開けていない部屋はただひとつ。

きっと、一番すごい宝が納められているんだわ。ちょっとだけ開けてみようかしら。いいえ、開けてはならない。開けるなと言われているのだ。どうしよう。どうしよう。

新子も次のページをめくろうか止めようかと、胸が苦しくなるほど迷ってしまう。でも、ちょっとだけ次を読んでみたい。

ページをめくって、片目だけで読んでみた。絶対に宝物なんかないはず。うんと怖い部屋なんだ。新子には何となくわかる。何人もの娘たちが、この城に入ったまま姿を消したことと、この秘密の部屋は関係がある……。

でも、新子がページをめくらないではいられないように、きっとこのお妃も、禁じられた鍵を使って、部屋の中に入るんだわ。

新子は目の前が真暗だ。心臓は破れそうだし、泣き出しそうな気分。

ついに妃は、こわごわそうっと、鍵を鍵穴に差し込み、音をたてないように回し、重い扉をギギギと開いた。

そのとき妃の目にとび込んできたのは……床に広がる真赤な血。

ぎゃあああ。

新子は本を閉じる。ああやっぱりそうなんだ。震えがとまらない。何人もの女たちが殺された血なんだわ。閉じた本が、石のように重くなった。もう二度とページを開くことができない。こんな怖いもの、生れて初めてだ。

新子は息苦しくなって襖に手をかけた。するとまたしても、真赤なものが目にとび込んできた。

ぎゃあああ。

でもそれは、畳の上に広がった赤い絹の反物だった。新子がその上に寝転んでぐしゃぐしゃにした皺《しわ》の上に、浮世絵が乗っていた。

大変だわ。片づけないと。

押入れから這《は》い出した新子は、大慌《おおあわ》てで浮世絵や赤い絹を元通りに上の段に納め、『青ひげ』も、元の木箱に押し込んだ。

襖を閉めると、台所に行ってお水を飲んだ。まだ胸がどきどきしている。

あのあと、青ひげのお妃はどうするんだろう。殺されてしまうのかしら。それとも三人の兄たちが助けてくれるのかしら。

夕方、光子たちが遠足から帰ってきたとき、もう胸のどきどきは収まっていたけれど、ヨーロッパの古いお城と青ひげの姿は新子の頭の中でますます大きくなり、このままでは怖くて怖くて、夜お便所にも行けなくなりそうだった。

どうすればいいのかしら。

そうだ、光子にこの話をすれば、うちはきっと、青ひげのお城のことを忘れられる。

新子はさっそく、晩ごはんを食べ終って眠そうな目をしている光子の手を引いて、お座敷の隅の方へ連れていって座らせた。光子は遠足で疲れたのか、大きなあくびをひとつ。

「……あのね、すっごくコワイお話があるの」

と切り出した。

ふうん、と鼻をふくらませただけだ。

「あのね、あのね、ヨーロッパの古いお城に、青いひげの王様がいてね、あるとき……」

怖そうな声で光子に話しているうち、新子は自分の声が青ひげの声のような気がしてきて、ぶるるっと身震いした。光子も必死で目を開けて聞いている。

「青いひげの王様?」

「うん、その青ひげがね……」

話しながら、どんどん怖くなる。でも、どうしても秘密の鍵を開けなくてはならないのだ。

「……そしてついにお妃は、ギギギッと音をたててその部屋の扉を開けました。するとね、その部屋の床は真赤で……」

「どうして？」

光子がキョトンとしている。

「だって、真赤な血がね？」

「ふうん」

光子の目は、また眠りそうになる。新子はなぜだか、がっかりした。光子の頭をゴツンとやって起こしたくなったが、そんなことをすると大泣きを始めるだろう。青ひげが怖くなくなるためには、どうすればいいのかしら。

「……その真赤な血はね？　よくよく落着いて見てみると、血じゃなかったの」

「ふうん」

「血じゃなくて、赤い絹がお部屋の中いっぱいに広げてあって、それは青ひげがお妃のためにプレゼントした、珍しい布で、とてもとてもいい匂いがしたの。青ひげは、本当はやさしい人だったの」

ああこれで、少し怖くなくなった。でもまだちょっと怖い。

「その赤い絹は魔法の布で、女の人をすごい美人に変える力があるの」

「ふうん」

「うちもね、今日、押入れで同じ布を見つけたの。すごくきれいな赤いふわふわの布」

「押入れにあったの？」

「そうよ。青ひげのお妃は、この布を着て、永遠に美しく、幸せに暮しましたとさ」

ふう。これでよし。これで今夜は何とか眠れそう。

新子はそっとマイマイを押さえた。

マイマイさん、青ひげが怖くなったときは、また新しいお話を作ろうね。お話さえできれば、怖いものなんてなくなるもんね。

25　死んだおじいちゃんに、こらこらと言われた

「エデンの東」の看板が下ろされて「太陽の季節」が掛けられた。

映画館の息子一平は、こっそり見に来いとは言ってくれない。もし見つかったらすごく叱《しか》られるからだろうが、一平自身が、あまり好きではないからだろう。一平が映画の話をするたびに、新子は一平が羨《うらやま》しくなり、自分も映画館の娘に生れればよかったのにと思う。小太郎にそう言ったら、いつでも見られると、面白いもんでも面白う感じられんようになる、と言った。

梅雨に入って、小太郎は寝床から出なくなった。食事も寝床で起き上がって食べる。そしてすぐに横になってしまう。

小太郎の義眼は取り出されたまま、煙草盆《たばこぼん》の上に置かれていた。新子がときどき洗ってきて、はい、おじいちゃん、と手渡すが、いやもういらん、と言ってまた煙草盆の上に戻してしまう。

新子は小太郎の目が片方無いのは嫌だ。片目だけ窪《くぼ》んで、小太郎が半分ガイコツになったみたいで、悲しくなってしまう。

「おじいちゃん、おじいちゃん、大陸で匪賊《ひぞく》と戦った話をして」

とせがんでみても、

「うん、また今度な」

と、ぜえぜえ息をしながら言うだけ。

周《しゅう》先生が一日おきに往診に来てくれるけれど、ちっとも良くならない。

長子と初江の話を聞いていると、小太郎の胸には水が溜《たま》っているのだそうだ。

「おじいちゃんの胸の水、どこから入ったの？」

「さあね、どこから入ったのかねえ」

と初江は、ひそめた声で言う。

木や花だったら、土の中から根っこが水を吸い上げる。おじいちゃんの体にも、根っこが生えてるんだろうか。

それとも雨がよく降って空気も湿っているので、おじいちゃんの体が空気の中の水分を吸い取ってしまうのかしら。

家の前の麦畑の麦は刈り取られて、田んぼに早変り。水が流れ込んで、今は毎日、牛が大活躍だ。

牛のうしろにつけられた大きな鋤《すき》を、人間が上手に傾けながら、土を掘り起こし、均《な》らしていく。牛の角のように広がった根本に、大きな鉄のシャベルみたいなのが付いていて、牛が引っぱると、土がシャベルの上を次々に流れていき、窪《くぼ》んだ溝に水が入り込んでくる。

牛は鼻や口からヨダレを垂らしながら、ウグウグと荒い息をする。止まると、オヨッ、オヨッとうしろから綱で叩《たた》かれて、また前へ進んでいく。

牛の息と、人間の足がぬかるみから抜けるときのズボズボという音が、霧のような雨の中で、夕方まで続いている。

新子は、雨の匂《にお》いが好きだった。

雨の匂いの中には、田んぼのぬかるみの匂いや牛の息や、畦道《あぜみち》の草や濡《ぬ》れて真黒になった電信柱の匂いも、一緒に含まれている。それにちょっとだけ甘い。

窓から田んぼの牛を見ていると、うしろから長子が声をかけた。

「新子、光子を見た？」

あれ？

田んぼに降る雨と、牛と、ズボズボという音が、遠くなったり近づいたりするのをぼんやり見ていたので、光子のことなど忘れていた。

「見てないよ」

「帰ってきたよね?」

「知らない。帰ってきて、どこかに遊びに行ったんじゃない? シゲルのいとこのヤマちゃんと、きのうも遊んでたよ」

「どこで?」

「お寺の庭」

でも、雨だとお寺の庭では遊べない。シゲルの家に遊びに行ってるのかな。幼稚園へ行く前は、いつも新子にくっついて遊んでいたけれど、最近はシゲルの家に預けられているヤマちゃんやタケちゃんと、遊ぶようになった。買物ごっこ、お嫁さんごっこ、学校ごっこ。ヤマちゃんはブリキに色を塗ったごっこの道具をたくさん持っていた。コンロ、フライパン、アイロン。

病気で入院している二人のお父さんが木を削って作ったトマトやキューリや天秤《てんびん》もある。

雨がだんだん強くなってきて、田んぼを鋤いていた牛も、いなくなった。よく見ると、空の西の方に、紫色の雲がかかっている。

田んぼの向こうの泥んこ道を、シゲルが自転車で通っているのが見えた。ぬかるみにはまりながら、必死でペダルをこいでいる。

「シゲルゥ！」

大声で呼ぶと、片手を上げて、何か言った。でもすぐにこぐのを諦《あきら》めて自転車を押しはじめる。

「シゲルゥ！　光子が遊びに行ってる？」

シゲルは首を横に振っている。

「ヤマちゃんやタケちゃんと一緒じゃないのぉ？」

やっぱり首を振っている。

「オレ、買い物ぉ」

そしてまた、勢いをつけて自転車にまたがった。往還のお店までなら、走った方が早いのに。

新子は長子に言った。

「光子はシゲルんところじゃないって」

「え、じゃ、どこに行ったのかしら。もう五時よ」

いつも幼稚園から帰ってくるのは三時。道草しても四時。

「ちょっと私、タミちゃんの家へ行ってくる」

と長子は傘を手に持って走り出した。

タミちゃんは同じ幼稚園の年長さんのクラスで、新子の家より山に近い方に家があるので、いつもタミちゃんは光子とさよならしたあと、二十分も歩かなくてはならない。タミちゃんのおじいさんは、頭のはげた市会議員で、家も大きくて怖い犬がいる。

長子が出かけていったあと、外はどんどん暗くなって、雨も音をたてて落ちるようになった。風が出てきたので、窓を開けていられない。

長子がびしょ濡れで帰ってきた。

「タミちゃんもまだ帰ってきてない。タミちゃんのおじいちゃんがあっちこっちに聞いて下さってる。もしかしたら幼稚園の帰りにゴルフ場へ行ったかもしれないって」

ゴルフ場は山の斜面に作っている途中で、あと何年もしなければできあがらない。木を切って芝草を植えたところは、広々として気持がいいし、遊び場になっている。だけど広場のまわりは雑木が繁《しげ》っているし、背の高い木もたくさんあるので、缶蹴《かんけ》りするには楽しい。それに、隠れているとき真白いゴルフボールを見つけた友だちもいた。まだできあがっていないのに、ゴルフをしている人がいるみたい。

そのとき、小太郎の部屋から初江が走ってきた。

「おじいちゃんの様子がおかしいの……」

小太郎の寝床に行ってみると、小太郎は口を半分開け、すごく早く息を吸ったり吐いたりしている。顔が白く変って、頬っぺたもぼっこりと窪んでいるので、別の人みたいだ。

「おじいちゃん、おじいちゃん」

長子が大声で呼ぶけれど、小太郎は目を開かない。

「新子、周先生のところに行ってきて！　すぐ来て下さいって！」

「うん」

「それから、周先生に頼んで、父さんに電報を打ってもらって」

「わかった」

「自転車は危ないから、走って行ってちょうだい」

新子は雨合羽を着て家を出た。傘をさしたけれど、走るのに邪魔だから玄関のところに放った。

大変だ！　おじいちゃんが大変だ！

光子はどこに行っちゃったんだろう！

新子は何が何だかわからなくなった。小太郎と光子と、両方が大変なんだ！

往還まで走ってひと息ついた。周医院は往還を渡って最初の角を右に曲がったところだ。周先生のところには、農協に直通の電話がある。農協の交換手に頼めば、電話も電報もちゃんとやってくれるのだ。

雨水が首から入りこんで気持悪い。

新子は走る。校内マラソンのときより、もっと早く走った。

「先生！　周先生！」

周医院の扉を開いて、大声で叫んだ。

いつもの頰っぺたの赤い看護婦さんが出てきた。

「おじいちゃんが大変なの。すぐ来て下さい！　それから、父さんのところに電報を打って下さいって！」

看護婦さんが二階に走って上がると、周先生を連れて下りてきた。

「おじいちゃん、呼んでも返事しないの」

泣いてはいけないと思うのに、涙がこぼれる。周先生の奥さんも出てきた。

周先生と看護婦さんは、ラビットに乗って走っていった。奥さんが東介の大学に電話をかけてくれた。農協の交換手も東介のことを知ってるので、今は連絡がつかないけれど、ちゃんと伝えてくれるそうだ。

「新子ちゃん、早く帰ってあげなさい」

「うん」

新子はまた走った。

うちが一所懸命走れば、おじいちゃんも光子も、何もかも大丈夫なんだ。走ろう！　もっと早く、もっともっと早く！

雨が目や頬や唇に、あたった。目の中にも雨が入ってきた。ときどき片目だけで走った。

家に帰りついてみると、しんとしている。

周先生と看護婦さんの靴が玄関にあるのでほっとした。

長子が小太郎の部屋から出てきて、新子を抱きしめた。

「ありがとう、御苦労さま、新子」

「おじいちゃんは？」

「今は、胸に溜った水を抜いてるの。大きい注射針で」

長子に抱きつきながら聞いた。

「おじいちゃん、死ぬの？」

「母さんにもわからない。でも、水を抜いたら楽になるんだって」

「光子は？」

「それがまだ帰ってこないのよ。どこに行っちゃったのかしら。タミちゃんと一緒にゴルフ場で遊んだ子がいるんで、その子と一緒にタミちゃんのおじいちゃんたちが探しに行ってくれてるの。暗くなる前に帰ってきてくれるといいのにね。おじいちゃんが急にこんなふうになって……」

「父さんには農協の人が連絡してくれるって」

「どうすればいいのかしらね」

長子がぎゅっと新子を抱きしめた。新子もぎゅっと長子を抱きしめた。

「光子は大丈夫よ。タミちゃんとゴルフ場探険してるに決ってる」

タツヨシの父さんの木刀を振り回していた光子を思い出し、ちょっとだけ安心した。

看護婦さんが顔を出し、長子を呼んだ。

長子のあとに続いて小太郎の部屋に入っていくと、膿盆《のうぼん》にちょっとだけ黄色い水が入っていた。小太郎は顎《あご》が外れたように大きく口を開けて、小鼻をピクピクさせながら浅い息をしていた。

周先生が初江に言った。

「御親戚《ごしんせき》に連絡されて下さい」

初江はもう、目を真赤にしている。

それから新子に、周先生はやさしい声で言った。

「新子ちゃん、おじいちゃんを呼んでごらん、きっと聞こえるよ」

新子は枕元《まくらもと》に顔を近づけて言った。

「おじいちゃあん、目ん玉ここにあるよ！　うちがちゃんと洗ってきたよ！」

小太郎の小鼻が、またピクピクした。ハッハッハッと息が早い。でも返事はない。

初江と長子が、周先生と看護婦さんと一緒に座敷に行ったので、新子は小太郎と二人きりになった。小太郎の耳元で、今度は小さい声で言ってみた。

「あのね、光子がまだ帰ってこないの。サーカスの人さらいに連れていかれたら、どうしよう。おじいちゃん、うち、光子にもっと親切にしとけばよかった。この前、髪引っぱって泣かせて悪かった。サーカスに売られたらお酢飲まされるんだって」

小太郎の目が、薄い皮みたいな瞼《まぶた》の下で、ちょっとだけ動いた気がする。

嬉《うれ》しくなって新子は、思いつくことを次々に話しかけた。ヤクルト配ってくれる手島さんが足を折ったこと、金山食堂のハンバーグが二十円値上げになったこと、アメリカで治療していた原爆乙女が岩国の飛行場に帰ってきたことも……。

周先生は一度帰ったけど、また来てくれた。

暗くなりかけたころ雨は止《や》み、家の外で光子の声がした。タミちゃんのお母さんが一緒だった。

「ゴルフボールを探して林の奥まで行ってたみたいなんですよ」

光子はしょんぼりしている。怖いめにあったのかもしれない。長子はタミちゃんのお母さんに何度も頭を下げた。タミちゃんのお母さんは小太郎の病気を知っているようで、それじゃあ、と言ったきり大急ぎで帰っていった。

「光子、おじいちゃん、大変なのよ、胸から水を抜いたんよ。どうしてゴルフ場なんかに行ったのよ」

……小太郎は夜が明けて朝早く、死んだ。

寝ているのを起こされて新子が行ってみると、いつのまにか東介も帰ってきていて、小太郎の顔には白い布が掛けられていた。みんなが泣いていた。

「おじいちゃんにさよならしなさい」

白い布を取ると、小太郎はもう別の人みたいな顔になっていた。

おじいちゃん、と声をかけることもできないほど、硬くて小さくなっている。

雨があがって、赤い太陽の光が射《さ》していた。長子や初江が泣いているので、新子もちょっとだけ涙が流れてきたけれど、悲しいのかどうかわからない。マイマイを引っぱると、鼻水まで流れてきた。おじいちゃんはもう、何も聞こえないし何も言わないのかな。こんなの絶対におじいちゃんじゃない。

でも、そんなことが本当にあるの?

新子は小太郎の頬に、ちょっとだけ触ってみた。固くて冷たいので、手が震えた。こらこら、とおじいちゃんのやさしい声が聞こえた気がする。あ、やっぱりおじいちゃんだ。

わっと涙が溢《あふ》れてきて、おじいちゃんの顔が見えなくなった。

26 小太郎のハンモックで空を見たよ

小太郎の葬式は、新子が目を見張るほど賑《にぎ》やかなものだった。雲の絵が描かれた天幕が家中に張られ、小太郎の柩《ひつぎ》は白木の段の中程に置かれた。上の段には両眼がちゃんとある若いころの小太郎の写真があった。左胸に勲章が十個ぐらい下がっている。日露戦争でもらったのだそうだ。新子は小太郎が大陸で鳥の山を鉄砲で撃ったり、オオカミの遠吠《とおぼ》えを真似《まね》したらオオカミが返事をした話を、小太郎から何度も聞いて知っていたけれど、それは日露戦争という戦争だったのだ。

たくさんの紙の花や本物の花が、小太郎の写真を飾っていた。

お葬式には見たことのない人が次々にやってきて、玄関までいっぱいになった。その中にはシゲルと父親の勢造もいた。クラスの友だちでは貴伊子もいる。新子が手を振ると、まわりを見回してちょっとだけ手を上げた。

近所の女の人たちが前の日から来て台所でウロウロしているし、新子も光子も、行き場所がない感じだったけれど、お坊さんが三人来てお経が始まると、家族は一番前の列に正座しなくてはならない。

光子はすぐにペタンコ座りしたが、新子は足が痛いのをがまんして正座を続けた。先の方に大きな毛の束がくっついた、ほうきみたいな棒を振り回したり、ドラをジャーンと鳴らしたりしながら、三人のお坊さんが動き回るのに見とれた。

長子に連れられてお焼香するときは足が立たなくて転びそうになった。うしろでくっとシゲルが笑っているのだろう。

何だかわけがわからないうちにお葬式が終り、霊柩車《れいきゅうしゃ》で焼場に向かった。霊柩車の屋根は金色の花や鳥が飾られていて、神社みたいだったが、小太郎の柩と一緒に乗り込んでみると狭くて息苦しい。

初江も長子もしょんぼりしているが、光子が大きい声をあげると長子が睨《にら》んだ。東介は目を閉じて腕組みしている。新子はモーニングを着た東介を初めて見たし、初江や長子も黒い着物を着ていて、いつもとは違う。光子だけが足をバタバタさせた。

焼場に着くと、お坊さんが一人待っていて、またお経があった。それから柩の蓋《ふた》が開けられ、最後のお別れ。

それまで静かだった長子が、急に大声で泣きはじめた。新子はそばに寄って長子の袖《そで》を摑《つか》んだ。光子も真似をした。

長子のそばから柩の中を覗《のぞ》くと、小太郎の顔があったけれど、粘土みたいな色で気持悪かった。怖かった。

それからまた蓋をして、石で釘《くぎ》を打ちつけた。一人一人、順番に石で打った。

それでは、と青白い顔の男の人が言い、鉄の扉の中に、柩はガラガラと音たてて入れられた。

こちらへ、と東介が呼ばれて裏の方に連れていかれた。新子たちもうしろから付いて行くと、東介の向こうに小さなガラス窓があって、その中で真赤な火が燃えていた。

ああ。おじいちゃんが。

新子は怖くて動けなくなった。おじいちゃんが焼かれている。死んじゃったから焼かれている。みんな死んだら焼かれるんだ。うちは死にたくない。絶対に焼かれるのはいやだ。頰っぺたが熱くなった。その上を涙がぼたぼたと流れていった。

おばあちゃんも母さんも父さんも、死んだら焼かれるんだ。みんな死ななければいい。こんなの可哀《かわい》そうだ。でも死ねば焼かれても熱くないんだ。

光子の手をとった。

「おじいちゃんはもう、焼かれても熱くないんだからね」

光子も、泣き出しそうな怖い顔をして、新子の手を握り返してきた。

小太郎の骨を拾いに行ったのは翌日だった。小さな山の頂上にある焼場は狭くて、建物の外に出てみると薪《まき》が屋根のところまで積み上げてあった。その建物からまっすぐに高い煙突が立っていた。

小太郎の骨は消し炭みたいにコロコロと小さくて、頭も足もわからなかったけど、木と竹の箸《はし》で上手につまんで骨壺《こつつぼ》に入れた。

家に戻ると、近所の人たちが並んでお迎えしてくれた。

「お帰りなさいませ」

みんなに頭を下げられて新子はいい気分だったけれど、近所の人たちは小太郎のお骨に言ってるんだとすぐにわかった。

新子と光子は、おにぎりをもらって外に出た。

お通夜《つや》、お葬式、お骨拾いと全部が済んで、何だか晴ればれとした気分。でも、小太郎が死んだというのはピンとこない。粘土みたいな色になって焼かれちゃったんだ、と思うけれど、同じように、新子が耳元に話しかけたとき目の玉が動いたのも覚えていて、どっちも本当で、どっちも嘘《うそ》に思えてしまう。

おにぎりの中身は、甘辛いしいたけと梅干だった。

光子と畦道《あぜみち》に腰を下ろして食べていると、風が来て、ザワッと稲の波が向かってきた。

急に悲しくなって、おじいちゃん、と呼んだとたん、涙が流れてきた。口の中でしいたけがグニュグニュと泳いでいる。

それを見た光子が、新子のおにぎりを取り上げて食べはじめたので、慌《あわ》てて取り戻した。でも、口の中のグニュグニュはおさまらない。涙も次々に流れてくる。

スイバの葉で鼻をかみ、スカートで目を拭《ふ》いた。緑色の稲と白い空がきれいだった。

「光子、おじいちゃんがキトクのとき、ゴルフ場でタミちゃんたちと遊んでたの?」

「うん」

「寄り道はダメって言われてたでしょ?」

「うん」

思い出したのか、しょんぼりと返事している。

「ゴルフボール探してたの?」

「うん、タミちゃんが二つも見つけて宝物にしたの」

「ひとつくれなかったの?」

「くれなかった。グリコのキャラメルあげたけど、ゴルフボールはもっと高いから、くれなかった」

「タミちゃんち、お金持なのにね」

「ヨウジちゃんも一個、拾ったよ。割れてたけど、水の中で」

「お寺の方から来てる川にはハゼの木がいっぱいあるから、行かない方がいいっておじいちゃんが言ってたのに」

「でも、ホテンドの葉も、いっぱいあったよ」

ハゼの葉に触ると、カブれて顔や手が真赤になる。ホテンドの葉はハートみたいな恰好《かっこう》の葉で、蔓《つる》みたいにハゼの木に絡《から》みついていて、葉っぱを持って帰ると初江がカシワモチを作ってくれる。

ホテンドの葉もハゼの木も、ゴルフ場が途切れて沢が始まる方向にたくさんある。でもいつか、全部伐《か》られてゴルフ場になるんだそうだ。

ゴルフのボールは、転がって沢の方に行ってしまうのだろう。

「あの日、雨が降ってきて、どうしたの？」

光子は、必死で思い出そうとしている。

光子の口は小さくて、唇も花びらみたいにぽってりとしている。頰っぺたはおもちみたいだし、髪の毛は陽の匂《にお》いがするし、大人はみんな光子を、カワイイと言う。新子もそう思う。でも腕は太いし、チャンバラで棒きれを振り回すと、野良犬《のらいぬ》だって逃げていくのだ。

「……雨が降ってきたとき、大きな木の下に隠れたの」

「どんどん降ってきたでしょ？　それで迷子になっちゃったの？　タミちゃんと一緒だったんでしょ？」

「うん、でも、おじいちゃんが、そっちに行ったらあぶないって」

「誰？　タミちゃんのおじいちゃん？」

「違う。うちのおじいちゃん。杖《つえ》振って、あっちに行けって言ったもん」

「おじいちゃんは、キトクだったんだよ。うちの寝床から出られるわけないもん」

「でも、おじいちゃんだもん」

へんだな。そんなはずはない。

「よそのおじいちゃんでしょ？」

「うちのおじいちゃん」

光子は口を尖《とが》らせて、怒っている。

「……タミちゃんも知ってるよ」

うーん。光子は嘘《うそ》ついてるようには見えない。おじいちゃんは眠ったままで、声かけても返事しなかった。でもきっと声は聞こえてると思って、いろんなお喋《しゃべ》りしたんだっけ。

あ、そうだ。あのときおじいちゃんの耳元で、光子がサーカスの人さらいに連れていかれませんようにって、言ったんだ。おじいちゃんに言ったんだけど、ついでに神さまにもお願いしたような気がする。

おじいちゃんは新子の声を聞いて、神さまになって光子のところへ飛んで行ったのかも知れない。人は死んだら天にのぼって神さまになるんだから、天にのぼるついでに、光子を助けに寄り道してくれたのかもしれない。

「わかった、わかった」

と新子は言った。

「なに?」

と光子が不思議そうに新子を見た。

「やっぱりゴルフ場に来たのは、おじいちゃんだ」

「ね」

「おじいちゃん、ありがとう。うち、光子にやさしくします。もう泣かしたりしません」

新子は手を合わせた。それから、母さんにもやさしくします、と心の中で付け加えた。母さんがあんなに泣いたの初めて見ました。母さんも可哀そうだから……。

「ほら、光子も拝みなさい、こうやって」

と手を合わせて見せると、手で握っていたおにぎりの残りを口に押し込んで真似した。

「おじいちゃんは、空へ行ったんだから、空から何もかも見てるんだよ」

「空《ホラ》カラ、何《ラリ》モカモ見レルンラヨネ」

梅干のおにぎりの真中のところが酸《す》っぱくて、光子の口からヨダレがタラッと落ちた。

家に帰ってみると、男の人たちは座敷で、女の人たちは台所の方で、みんなお酒を飲んでいた。

小太郎の骨壺は小さくなった木の台の上に置かれて線香がモクモク煙たい。

新子はまた光子を連れて、千年の川に行った。

藤蔓《ふじづる》のハンモックは、もうジャングルみたいな繁《しげ》みの中に隠れていた。葛《くず》の葉をかき分けて流れのそばまで行って見上げると、藤蔓はしっかりと絡み合って流れの上に掛かっていた。それだけでなく、今は蔓の上に新しい戸板が置かれている。

この前来たときは戸板なんてなかった。おじいちゃんが病気にならなければ、ちゃんと戸板を置いてくれるのに、と寂しかった。でも今は、ちゃんとある。それに、戸板の下に長い材木も敷かれているから、前より立派に見えた。

新子は嬉《うれ》しくなってよじのぼった。光子も必死でのぼってくる。

寝そべって川の流れを見た。水はちょっと濁っていたけれど、すごい勢いで石ころに乗り上げ、岸辺の草をしぶきで濡《ぬ》らしながら流れていた。

「この川はね、千年前から流れてるの。ここは千年昔、京都みたいに大きい町だったの。川というものは、ふつうこんなふうに直角に折れ曲がって流れるものじゃないのよ。わかる？」

いつのまにか小太郎の口ぐせになっている。

「チョッカク？」

光子にはよくわからないのだ。

「千年もの大昔に、御先祖様が作った川なの。だからね、魔法の川なの。ひづるだって生き返ったでしょ？」

国衙《こくが》の史跡公園に埋めた真赤な金魚を、光子も思い出したみたい。うんうんと、川の流れを見ながら頷《うなず》いている。

そのとき、葛の葉がガサゴソして顔を出したのはシゲルだった。

「やっぱりここだ」

「シゲルの父さん、うちで酔っぱらってるよ。お母さんもうちに来てる」

「うん、骨《こつ》あげはすんだんか？」

「すんだ」

「怖かったか？」

「ちょっと怖かった」

それを聞いてシゲルは満足そうに頷いた。小太郎が死んだので、シゲルはもう小太郎の前で縮こまることもなくなったのだと思うと、何だかくやしい。

「この戸板、父ちゃんが作ったんだぞ。スイバリが立たんように、ちゃんとカンナもかけてある」

そうか。だから寝そべっていても痛くないんだ。おじいちゃんが作ったハンモックより上等だ、と思ったけれど、おじいちゃんに悪いから言わなかった。

おじいちゃん、ごめんね。二人だけの秘密のハンモックだったのに。

新子はごろんと仰向けに寝転んで空を見る。光子も真似をした。

空のどこかに小太郎はいる。そして自分を見ていると思った。

いる。

「オレもあがっていいか？」

「ダメ、おじいちゃんが作ったハンモックだから、ダメ」

シゲルがあがってきたら、泣きべその顔を見られそうだ。

いつものシゲルなら、ダメと言ってもどんどんのぼってくるのに、下で静かにしている。

目の上に雲があり、頭の下で川の音がする。

新子はだんだんとやさしい気持になってきて、シゲルに、のぼってきてもいいよ、と言った。ちょっとだけ大人になった気がした。

それから三人で、しばらく空を見ていた。雲はゆっくり右から左に動いていく。水もずっと、頭から足の方へ流れていった。

『マイマイ新子』を書き終えて

昭和三十年というのは特別な年でした。「もはや戦後ではない」の言葉も生れ、高度経済成長は、この直後から始まりました。

テレビ、冷蔵庫などの家電は普及しておらず、交通手段も衣食住も今から思えば貧しいものでしたが、季節の手ざわりや家族の繋《つな》がり、生や死を身近に感じながら子供が子供らしく成長できる環境は豊かでした。

戦争の傷痕《きずあと》を片手で押さえながら、それでも日本中が遠く高いものに向かって、今にも駆け出そうとしていた時代。達成したい夢や願望、いや渇望《かつぼう》は山ほどありました。あそこからの五十年間に日本は見事に高度成長をとげました。しかしまた、何と多くのものを失ったことか。

いつかあの時代を背景に、日本版『赤毛のアン』を書きたいと思うようになりました。

『マイマイ新子』は九歳の私自身であると同時に多くの日本人でもあります。疲れた大人たちを癒《いや》す一冊になればうれしいけれど、それ以上に、こんな子供時代を持つことが出来ない今の子供たちに読んで欲しい。もっと幼い子には、大人たちが読み聞かせてあげて下さい。

どうぞ皆さま方に、新子ちゃんが愛されますように。

雑誌「クロワッサン」に連載時、イラストで素晴しい新子ちゃんを描いて下さった飯野和好さん、また同誌編集部の関輪光江さん、二階堂千鶴子さん、長田衛さん、そしてこの作品を発案時から単行本を作るまで一貫して応援して下さったマガジンハウス書籍出版部の刈谷政則さんに、心よりお礼を申し上げます。文庫化に関しては、新潮社の飯島薫さんに大変お世話になりました。ありがとうございました。

高樹のぶ子

解説

金原瑞人

舞台は周防《すおう》の国の国衙《こくが》、というか山口県防府《ほうふ》市国衙。主人公は九歳の青木新子《しんこ》。新子を取り巻く言葉は、「バタバタ、ラビット、スクーター、ガダルカナルからもどってきた遺骨、不在地主、ラジオドラマ、セルロイドのお茶碗《ちゃわん》、空手チョップ、冒険王《ぼうけんおう》、鞍馬《くらま》天狗《てんぐ》、バクダンアラレ、リヤカー、紅孔雀《べにくじゃく》……」。つまり昭和三十年。

新子の目に映る、今から五十年以上前の、そんな時代のそんな地方に暮らしていた人々が、この作品に息をのむほどあざやかに描かれている。

青木家は六人家族だが、新子が不思議な絆《きずな》で結ばれているのが祖父の小太郎《こたろう》。小太郎は大地主の息子だったが「決定的な失敗をして」ほとんどの田んぼを取りあげられ、ちょっと肩身が狭い。そのうえ「浮世ばなれしたダンナ気分」がいつまでも抜けず、家族の苦労の種になっている。しかし新子は小太郎の話を聞くのが大好きだ。直角に曲がった川の歴史、中国大陸の奥地で出会ったトリで埋めつくされた山のこと、三歳のときに三角池に落ちて溺《おぼ》れかけたところを三日月に助けられたときのこと……。

いろんなことを知っているうえに、左の目が義眼の小太郎と新子は、祖父と孫であるとともに、もっと深いところでつながっていて、これがこの作品の大きな魅力になっている。

この作品では、老人と子どもという、社会の中心から離れて生きているふたりが、大きな年の差を超えて、いや、その年の差を魅力として受けとめ、相手を心から愛《いとお》しんで生きている姿がリアルに描き出されている。意固地で風変わりな小太郎と、激しい感情をいつも持て余している新子の物語は、この小説の中心を曲がりくねりながら、たまに直角に曲がって、流れていく。

第一章が小太郎の語る「御先祖さまが作った川」の話で始まり、二十六章が「千年の川」の近くにある小太郎の作ったハンモックで終わるこの物語には、古くから語り継がれた伝説のような趣さえある。なにしろ、魔法の場所では死んだ赤い鯉《こい》も生き返るのだ。

さて、こんな新子と小太郎の関係を核に展開する小説に登場する子どもたちがまた楽しい。

「ダンゴ虫とカミキリ虫は違う。平等じゃあない。シゲルはバカだ。ダンゴ虫でカミキリ虫でバカだ」と、新子に罵倒《ばとう》される丸木シゲル。

「あんたが悪いんよ！　シゲルは何《なん》も悪うない。あんたがくれよんでシゲルを撲《なぐ》ったのを、うちはちゃあんと見た」と、新子にいわれる島津貴伊子《きいこ》。

「じゃ、今夜カタキウチに行こう。うち、タツヨシにいのち預けるから」と、新子にはっぱをかけられる鈴木タツヨシ。

「バカバカ、八郎の大バカ。池にはまって死んじまえ」と、新子にののしられる八郎。

そんな子どもたちが繰り広げるささやかな、しかし子どもたちにとっては大変な出来事のひとつひとつが、そのときの子どもたちの心情とともに、ていねいにすくいあげられていく。その作者の手際《てぎわ》のよさには驚くしかない。

たとえば、十章、こっそり映画館に忍びこんで、『エデンの東』を見終わっての、新子とシゲルのやりとり。

「ロマンチックじゃなあ」

「はん？」

「ヤクルト配ってる手島のお兄ちゃん、女の人と心中しようとしたんだぞ。知らんかったやろ。父ちゃんが、ロマンチックじゃゃって」

「心中がロマンチックなの？」

「そりゃそうだ、そういうのはロマンチックって言うんだ。ジェームス・ディーンは死んだから、もっとロマンチックなんじゃ」

「死んでないよ。死んだのはお父さんだもん」

「新子は何も知らんのか。ジェームス・ディーンは死んだんだぞ」

「死んでないもん」

新子は泣きそうになる。こんな泣きそうな気持がロマンチックなのかな。

「ねえシゲル、心中ってなに？」


なにげない会話だが、子どもの気持がじつに巧みにユーモラスに映しだされている。ここを読んだときには思わずほほえんでしまった。この作品には、これに似た印象的な場面があちこちにちりばめられている。

そして作者はこういった子どもの気持をすくい上げるだけでなく、時代も的確に拾いあげて、ひとつの世界を作り上げていく。

昨年、『HIROSHIMA　1958』（インスクリプト）という写真集が出た。これは昭和三十三年、アラン・レネ監督が『ヒロシマ・モナムール』という映画を広島で撮影していたときに、主演女優エマニュエル・リヴァが撮った広島の写真を集めたものだ。敗戦から十三年後の広島の暑い夏。当時の人々、当時の情景の写真が五十枚ほどおさめられている。

なかでもとくに目を引くのが子どもたちの表情だ。釣りをしている男の子、幼い子をおぶっている女の子、アイスクリームをなめている男の子、蠟石《ろうせき》で地面に絵を描いている女の子……。みんな、まるで声がきこえてきそうなくらい身近に感じられる。そして背景には、粗末な木造の家々、市民球場、そして原爆ドーム。

この写真集は数えきれないくらいたくさんのことを語りかけてくれる。戦争、原爆、復興、悲惨さ、貧しさ……などなど。しかし、なによりはっきり聴《き》き取れるのは、子どもたちの明るい顔に表れた希望だ。

『マイマイ新子』を読んだとき、『HIROSHIMA　1958』を見たとき以上の幸福感を味わった。それは、子どもが生きるというのはこういうことなのだという実感でもある。

子どもたちが自然のなかで、季節のなかで、人々のなかで、時間をかけてゆっくり成長する確かな手応《てごた》えがここにはある。この小説のなによりの魅力かもしれない。

しかし、それを過去のものとしてノスタルジックに描いているのではない。生き生きとした子ども像を、失われてしまったものとしてセンチメンタルに描いているのではない。

現在も、現実に、実感できるものとして描いている。

この本をいまの若者に読ませてみるとそれがよくわかる。おそらくかなりの若者が作品の世界に共感するはずだ。それは彼らが、ここに描かれている原風景のようなものをしっかりと心に抱いているからだろう。

もしそうであれば、これを最も必要としているのは、過去を懐かしがる人々ではなく、いまの若者だと思う。

もしそうであれば、そういう若者にこそ、新子の物語は届けなくてはならない。

その意味でも、若者たちの目につく場所に置いてほしい。手に取った若者たちの心にきっと、この本は届く。

（平成二十一年二月、児童文学者）

この作品は平成十六年九月マガジンハウスより刊行された。

湯本香樹実著　夏の庭
—The Friends—
米ミルドレッド・バチェルダー賞受賞

死への興味から、生ける屍のような老人を「観察」し始めた少年たち。いつしか双方の間に、深く不思議な交流が生まれるのだが……。

湯本香樹実著　ポプラの秋

不気味な大家のおばあさんは、ある日私に奇妙な話を持ちかけた——。『夏の庭』で世界中の注目を浴びた著者が贈る文庫書下ろし。

湯本香樹実著　春のオルガン

いったい私はどんな大人になるんだろう？小学校卒業式後の春休み、子供から大人へとゆれ動く12歳の気持ちを描いた傑作少女小説。

赤川次郎著　ふたり

交通事故で死んだはずの姉の声が、突然、頭の中に聞こえてきた時から、千津子と実加、二人の姉妹の奇妙な共同生活が始まった……。

赤川次郎著　晩夏

人気絶頂の俳優と、ごく普通の女の子の恋。それはやっぱり、スキャンダル!?　静かな湖畔のロッジに、TVカメラが押し寄せる。

赤川次郎著　森がわたしを呼んでいる

一夜にして生まれた不思議の森が佐知子を招く。未知の世界へ続くミステリアスな冒険の行方は。会心のファンタスティック・ワールド。

新潮文庫最新刊

村上陽一郎著

あらためて教養とは

いかに幅広い知識があっても、自らを律する「慎み」に欠けた人間は、教養人とは呼べない。失われた「教養」を取り戻すための入門書。

山本譲司著

累犯障害者

罪を犯した障害者たちを取材して見えてきたのは、日本の行政、司法、福祉の無力な姿であった。障害者と犯罪の問題を鋭く抉るルポ。

小川和久著
聞き手・坂本衛

日本の戦争力

軍事アナリストが読み解く、自衛隊。北朝鮮。日米安保。オバマ政権が「日米同盟最重視」を打ち出した理由は、本書を読めば分かる！

莫邦富著

「中国全省を読む」事典

巨大国家の中で、今何が起こっているのか？改革・開放以後の各省の明暗を浮き彫りにする。ビジネスマン、旅行者に最適な一冊。

髙橋秀実著

トラウマの国ニッポン

教育、性、自分探し――私たちの周りにある〈問題〉の現場を訪ね、平成ニッポンの奇妙な精神性を暴く、ヒデミネ流抱腹絶倒ルポ。

小西慶三著

イチローの流儀

オリックス時代から現在までイチローの試合を最も多く観続けてきた記者が綴る人間イチローの真髄。トップアスリートの実像に迫る。

マイマイ新子《しんこ》

新潮文庫　た－43－12

平成二十一年四月一日発行

著者　髙《たか》樹《ぎ》のぶ子《こ》

発行者　佐藤隆信

発行所　株式会社新潮社

郵便番号　一六二―八七一一
東京都新宿区矢来町七一
電話　編集部(〇三)三二六六―五四四〇
　　　読者係(〇三)三二六六―五一一一
http://www.shinchosha.co.jp

価格はカバーに表示してあります。

乱丁・落丁本は、ご面倒ですが小社読者係宛ご送付ください。送料小社負担にてお取替えいたします。

印刷・株式会社三秀舎　製本・株式会社大進堂

ISBN978-4-10-102422-6 C0193